Werde Asche Mutter

Für B.
wen sonst!?

Ausnahmsweise und nur zusätzlich,
dem leider viel zu früh verstorbenen Regisseur
Jean-Claude Lauzon

Manfred Baehr
Fronhof 1
53520 Reifferscheid
manfred_baehr@web.de

Bibliografische Informationen der Deutschen Nationalbibliothek:
Die Deutsche Nationalbibliothek verzeichnet diese Publikation in der Deutschen
Nationalbibliografie; detaillierte bibliografische Daten
sind im Internet über http://dnb.dnb.de abrufbar.

© 2022 Manfred Baehr
Herstellung und Verlag:
BoD - Books on Demand, Norderstedt

ISBN: 9783848230150

Inhaltsverzeichnis

Einige Worte vorab

Mit der Erzählung folgender Ereignisse ist keinerlei pädagogische Absicht verbunden! Ebenso wenig ist die Erbauung des Lesers das Hauptmotiv, obwohl diese kleine Geschichte natürlich unterhalten soll.

Den schreibenden Zeigefinger belehrend oder gar mahnend zu erheben gehört nicht in den Pool vorhandener Absichten.

Vielleicht wird nur erzählt, um der quälenden Nutzlosigkeit die Stirn zu bieten. Ein einziges, nur bescheidenes Motiv muss reichen, eine Erzählspur zu legen. Wenig genug, dieses bescheidene Unterfangen trotzdem zu wagen.

Ich schreibe, also bin ich.

Schneeballschlacht

Am frühen Morgen hatte es geschneit. Während der letzten Jahre waren die Winter milde gestimmt. Das war gut für alle Berufspendler und half bei der Reduzierung der Haushaltskosten. Der Anteil für Briketts, Öl, manchmal auch Gas, sank entsprechend der wärmeren Temperatur. Nur für den Jungen waren diese milden Winter keine Freude. Mit seinen knapp sieben Jahren hatte er noch keine mehrere Zentimeter hohe, geschlossene Schneedecke erlebt. Nun war es soweit. Endlich.

Die zwei Jahre jüngere Schwester ließ er weiter schlafen. Ebenso seine Eltern. Mutter würde Einwände finden. Argumente, die ihn vom Spiel mit dem gefrorenen, weißen Nass abhalten sollten.
Da sich jedes einzelne Argument dem Verständnis eines knapp Siebenjährigen entzog, blieb lediglich die konkrete Gefahr eines Verbots übrig. Wollte er den Schnee uneingeschränkt genießen, war dieser erste, heimliche Schritt unumgänglich. Trotz aller daraus wachsenden Gefahren. Aber die ließen sich auf ein *Später* verschieben.
Leise zog er Unterwäsche, eine abscheulich kratzende Strumpfhose, Pullover und die wärmste Jacke über und griff nach dem klobigen Paar Schuhe. Mütze und Handschuhe suchte er lange und vergebens. Dabei gab es gar nicht viele Stellen in dieser bescheidenen Mietwohnung, die mit Aussicht auf Erfolg abgesucht werden konnten. Kaum Schubladen. Keine Garderobe. Und der einzige

viertürige, große, weiß furnierte Kleiderschrank befand sich im elterlichen Schlafzimmer. Also einer verbotenen Zone.

Nun war es genug. Mehr Zeit sollte nicht vertan werden. Mit den Schuhen in einer Hand schlich er aus dem Zimmer, die Treppe hinab und hinaus in die weiße Pracht. Beinahe noch auf Strümpfen betrat er die Schneedecke. So mächtig fühlte er sich von ihr angezogen. Auf der ersten Stufe, noch unter dem überdachten Hauseingang sitzend, zog er die Schuhe schludrig über seine Füße. Das Binden der Schnürsenkel funktionierte ohne Handschuhe sehr viel besser. Dann die restlichen Stufen hinab, wobei die letzte bereits von Schnee bedeckt war.

Das Garagentor links war geschlossen. Welch ein Abenteuer, früh morgens an einem Wochenende auf einem unberührten, flockigen Untergrund die ersten Spuren hinterlassen zu können! Schritt für Schritt durchmaß der Junge den langen, schmalen Hof, welcher sich vor dem Hauseingang vor ihm ausbreitete. Zu seiner Linken war der Hof von einer circa achtzig Zentimeter niedrigen Mauer begrenzt. Rechts von ihm sah man zuerst ein schmales Stück Erde, welches dem Trocknen von Wäsche diente. Dieser kleine Ort wurde von einer hohen Mauer vom Nachbargrundstück begrenzt, an die sich ein zwei Meter fünfzig hoher Zaun anschloss. Als wäre dies noch nicht abweisend genug, thronte auf dem groben Maschenzaun eine Rolle Stacheldraht. Ein Hindernis, das jeder Haftanstalt Ehre machen würde. In weiter Ferne, so schien es dem Jungen, endete der Hof in einem stabilen Metalltor, mit einer Tür rechts vom Hof aus gesehen. Der Hof war gerade so breit, einen

PKW von der Straße bis zur Garage steuern zu können. Vorausgesetzt, der Fahrer war in der Lage, exakt in einem rechten Winkel über den Bordstein durch das nach innen eingerollte Metalltor schnur-stracks geradeaus zu fahren. Wirklich nur geradeaus. Unsicheres Lenken würde den Wagen entweder in den Zaun oder die kleine Begrenzungsmauer auf der anderen Seite steuern. Kein Fahrer bewältigte diesen Hof unter Alkoholeinfluss.

Seine Schuhe versanken bis zum Knöchel im Schnee, der vielleicht schon während der ganzen Nacht gefallen war. Und noch immer schneite es. Dicke, schwere Flocken sanken allmählich vom Himmel auf die Erde, blieben dort liegen, verbanden sich zu einem Teppich. Keine Sonne war zu sehen.

Der Junge aber hatte seinen Schlitten vergessen. Der stand im Keller. Zurück am Hauseingang stellte er fest, dass die Tür ins Schloss gefallen war. Er hatte nicht darauf geachtet. Und nun war es zu spät. Jetzt hatte er Schnee, aber keinen Schlitten.
In dieser Not verfiel er auf das Gefährt des zwei Jahre älteren Sohns des Vermieters. Dies sollte in der Garage weit hinten an einer Wand aufgehangen zu finden sein. Aber war es nicht verboten, die Garage zu öffnen? Der Junge erinnerte sich nicht. Es war verboten, das gute Geschirr zu berühren, ein Glas zu nah am Tischrand abzustellen, sich schmutzig zu machen, Erwachsene zu unterbrechen, über Tisch und Stuhl zu klettern, den Ölofen zu befummeln, einen der beiden Knöpfe am neuen Fernseher zu betätigen, ins Bett zu pinkeln ... Aber die Garage zu öffnen? An dieses Verbot erinnerte er sich nicht. War

allerdings ein weiterer Verstoß gegen elterliche Gebote noch von Bedeutung, wo er sich schon heimlich aus dem Haus geschlichen hatte? Sicher fiel seine Aktion unter ein Verbot, wenn auch nicht ausdrücklich, weil es ja im Alltag nicht vorkam. Also was sollte es? Er machte sich am Garagentor zu schaffen, welches sich, leise leise!, öffnen ließ. Der Wagen des Vermieters stand zum Glück nicht in der Garage. Wahrscheinlich stand der schief und schräg auf dem Bürgersteig vor dem Metalltor. Denn falls der Vermieter getrunken hatte, schaffte er es nicht mehr, die Einfahrt zur Garage ohne einen Kratzer in seinem Wagen zu bewältigen.

Und da hing er, neben einer kunterbunten Menge an Bauwerkzeug in einer Ecke. Der Junge musste sich sehr strecken, um ihn von der Wand heben zu können. Doch der Lohn war vielversprechend. Endlich zog er das Gefährt durch den Schnee, ein zweites Paar Spuren, nämlich Linien, hinterlassend. Wenn er etwas von Polarforschern gehört, gesehen oder gelesen hätte, so würde er jetzt in diese Rolle schlüpfen. So aber stampfte er nur entschlossen, mittlerweile etwas verkühlt, aber vollends befriedigt in seiner verspielten Lust immer wieder zum Metalltor hinauf und Richtung Garage hinab. Der Rückweg war etwas Besonderes. Unmittelbar hinter dem Haus und der Garage breitete sich ein dichter Wald aus. Eine Zeitlang konnte sich die Phantasie durchsetzen, irgendwo in der Wildnis seinen Weg durch die tobenden Elemente zu bahnen. Er musste sein Spiel nicht den Gesetzen der Tatsächlichkeit ausliefern. Und so fand sich der Junge als der erste Mensch in der Weite einer unbekannten Schneelandschaft. Ein Pionier. Derartige Gefühle liegen halt in der Erbinformation des männlichen Geschlechts.

Später dann war der Hof von seinen Schritten und den Kufen des Schlittens so zertrampelt, dass die Vision der Unberührtheit nicht länger aufrecht zu erhalten war. Nicht länger war er der Erste auf diesem hellen Teppich.

Also änderte er sein Spiel und knetete Schneebälle. Seine warmen Hände machten es möglich, schöne kleine Kugeln zu formen. Ausgiebig wurde das jeweilige Ergebnis begutachtet. Die intensive Betrachtung bot gleichzeitig die Gelegenheit, seine Hände in den Taschen ein klein wenig anzuwärmen, bevor die nächste Kugel geformt werden konnte. Sorgsam wurde jede Einzelne auf dem Schlitten positioniert, bis die Spitze der Schneeballpyramide erreicht worden war.

Einige Augenblicke lang blieben die Gedanken des Jungen von jeglicher Phantasie unberührt. Dann, ganz unvermittelt, erblickte er, noch weit von der achtzig Zentimeter Mauer entfernt, schreckliche Gestalten. Es mussten Schneemonster sein. Und seine Aufgabe: Sie abwehren. Genug Munition hatte er ja. Also begab er sich ohne Angst in den Kampf. Denn er würde ja als Sieger diese Mauer als Grenze verteidigen. Ganz sicher ...

"Wo bist du?", kreischte eine wütende Stimme, die noch durch die Wände vom ersten Stock aus zu hören war. "Komm sofort hierher, verdammter Kerl."

Er hatte sich geirrt. Die Schlacht war doch verloren.

"Wie siehst du aus? Was hast du nur gemacht oder dir dabei gedacht? Deine Schwester war alleine. Und ich habe dich überall gesucht!" An den Ehemann gerichtet fuhr sie fort: "Herrgott Mann, sag doch auch etwas dazu. Schau dir die Pfützen an, die er überall hinterlassen hat. Wer muss sie aufputzen? Ich!" Sie riss und zerrte an dem Jungen: "Weshalb hast du die Schuhe und die Jacke nicht vor der Haustüre ausgezogen?"
"Weil du gerufen hast, bin ich gleich gekommen. Und wenn ich sie draußen gelassen hätte, würdest du mit mir schimpfen, weil ich sie draußen gelassen habe."
"Wer hat dir überhaupt erlaubt, dich bei diesem Wetter draußen herumzutreiben? Herrgott Mann, sag du auch etwas dazu! Ich kann es nicht glauben. Schau dir deine Schwester an, wie verschreckt sie ist, weil du sie alleine gelassen hast."

Die Aufregung und der Tonfall verschreckte das junge Mädchen. Dass sie alleine geblieben war, hatte sie nicht registriert. Das Glück, was sich hier und da in menschlicher Gesellschaft finden lässt, kannte sie nicht.
Das Gezerre endete mit einem Riss an der Schulternaht des billigen Kunstoffpullovers.
"Schau an! Wieder hast du es geschafft, deine Sachen kaputt zu machen. Wieso geht nur alles in deiner Nähe zu Bruch? Jetzt auch noch der Pulli. Du wirst keinen neuen kriegen! Du läufst weiter in diesem Teil herum. Und wenn du", richtete sie sich frontal gegen den Vater, "nicht bald den Mund dazu aufmachst ..."

Das Abenteuer war vorüber. In der Küche im ersten Stock des Mietshauses, zwischen dem Geschrei der weiblichen Stimme, der Stille des Vaters und der Schweigsamkeit der Schwester verloren sich die Bilder des Winter-Abenteuers.
'Hoffentlich schmilzt der Schnee nicht so bald', war alles, was der Junge noch dachte.

Schule

Und wirklich lag am Montag so viel Schnee, dass es eine wahre Freude war. Entgegen seiner üblichen Gewohnheit sehr früh bereits hell wach und gespannt ans Fenster geeilt, noch bevor, wie sonst üblich, lautes Geschrei ihn weckte, was nicht immer ihm galt, aber doch häufig, weil er partout seine Träume nicht verlassen und erwachen wollte, war die Freude über die weiße Pracht exakt so groß wie gestern.

"Frühstück. Sofort herunterkommen!"
Er schlich im Schlafanzug zum Küchentisch.
"Zieh etwas über. Es ist zu kalt. Der verdammte Ölofen funktioniert schon wieder nicht richtig. Und du, Mann, schau gefälligst nach, was nicht in Ordnung ist!"
Der Mann saß ungerührt am Tisch und kaute Teile des Frühstücks. Noch bevor ein weiteres Wort gefallen war, verließ er grußlos die Küche in Richtung Arbeit. Den Jungen kümmerte dies genauso wenig wie die Mutter. Die Szene lief weiter, als wäre überhaupt nichts geschehen.
"Darf ich mir einen Cowboy bei Krämers kaufen?"
"Was willst du kaufen?"

"Einen Cowboy."
Auf dem Weg zur Schule kreuzte leider ein Spielwarengeschäft seinen Weg. Die Auslage bot immer auf's neue große Verlockungen. Augenblicklich waren einige Zentimeter große Plastikfiguren sein Favorit. Sie kosteten ungefähr dreißig Pfennig das Stück. Da er über kein Geld verfügte, musste er um den Erwerb jeder einzelnen Figur feilschen. Er scheute diese Erniedrigung keineswegs, bereitete ihm das Spiel mit diesen Figuren doch eine wahre Freude. Welche Aussicht, mit seiner bislang noch bescheidenen Sammlung in den extra hergerichteten Schneebergen des Hofes zu spielen. Mit dem Schnee konnte eine für die Figuren angemessene Landschaft gebaut werden. Die Cowboys und Indianer würden sich sofort heimisch und sehr wohl fühlen.
"Weißt du, was das kostet? Dein Vater bringt dafür nicht genug Geld mit. Sag *ihm* das, sobald er zurück ist. Und vergiss es nicht wieder!"
"Nur eine der Figuren. Bitte!"
"Keine! Und gib jetzt Ruhe. Schau, deine Schwester spielt immer mit derselben Puppe und will auch keine neue."
'Die kommt auch nicht bei Krämers vorbei', ging ihm durch den Kopf. Nicht als Erwiderung, sondern ganz spontan und für sich. Das auszusprechen wagte er sich nicht angesichts der drohenden Folgen solcher Widerworte. Er wusste aber schon, ob er mit quälender Stimme noch etwas auszurichten im Stande war oder nicht. Und heute Morgen beflügelte ihn die Zuversicht, bis ihn eine Ohrfeige endgültig verstummen ließ. Er hatte die Situation doch falsch eingeschätzt.

Dieses mal mit Mütze und Handschuh sowie der widerlich kratzigen Strumpfhose bekleidet, begann mit dem Marsch zur Schule in seiner Vorstellung ein neues Abenteuer. Mit Zwischenstation am Fenster der krämerschen Spielzeugauslage. Da stand eine Figur gerade im Begriff, ihren Colt zu ziehen. Die war augenblicklich sein Liebling. Er suchte nach dem Preisschild: Fünfundvierzig Pfennig. Guter Geschmack war halt etwas teurer. Nach einer seinem Empfinden nach viel zu kurzen Zeitspanne riss er sich los. Der Schulweg war nicht weit und die Bilder in seinem Kopf verkürzten ihn nochmals. Alles zusammengenommen erreichte er das Klassenzimmer aber doch um einige Minuten zu spät. Einen Moment musste er Luft holen, bevor er die Klassentür öffnete. Nicht wegen seiner Lehrerin. Frau Klemm mochte ihn. Das spürte er. Nicht wegen seiner Leistungen. Nein, einfach weil er ein Kind war.
Seine Schulkameraden waren da anders und er fürchtete sich vor ihnen. Nicht, dass sie ihn quälten oder verprügelten. Aber sie hielten Abstand. Und das verletzte. Denn er kannte den Grund nicht, glaubte, in den Augen der anderen seine Absonderlichkeit ablesen zu können. Grund genug also, um nicht mit ihnen spielen zu dürfen.

"Woher kommst denn du? Hat dich vielleicht der Schnee aufgehalten?", begrüßte ihn Frau Klemm. Ohne eine Antwort zu geben - welche auch? - begab er sich an seinen Platz in der ersten Reihe. Niemand wollte in der ersten Reihe sitzen. Und beileibe war er kein Streber. Dafür waren seine Leistungen schlicht zu durchschnittlich. Als sonst niemand so nahe bei

der Lehrerin sitzen wollte, ging er einfach zu dem Tisch. Er hatte nichts gegen Frau Klemm. Und immerhin blieb er dort für sich.
"Nun beeil dich, damit wir fortfahren können. Wir haben nämlich nicht auf dich gewartet."

Ohne offensichtlichen Grund traten ihm Tränen in die Augen. Vielleicht, weil es in der Klasse so wohlig warm war. Denn eigentlich traurig war er nicht. Womöglich aber auch, weil Frau Klemm mit ihm schimpfte. Wenn auch nicht ernstlich. Vielleicht störte es ihn, ihren Unmut wachgerufen zu haben. Denn er wollte ihr zu gefallen sein. Daraufhin änderte sich ihr Ton. Frau Klemm beschwichtigte mit den Worten, dass es schon recht wäre, so wie es ist und er sich nur erst hinsetzen solle.

Nach dem Schultag sprach Frau Klemm mit ihren Kolleginnen und Kollegen über den Verlauf des bisherigen Schuljahres und jeden einzelnen Schüler. Dabei kam sie auch auf den Jungen zu sprechen: "Ich weiß nicht recht, was mit ihm ist. Geradezu auffällig ist er ja nicht. Aber irgendetwas scheint anders in ihm zusammengebaut, will man ihn mit seinen Kameraden vergleichen."
"Liebe Frau Klemm, sie machen sich viel zu viele Gedanken über jeden einzelnen Schüler. Das sind alles Jungen! Und die Zusammensetzung eines Jungen ist mir noch nach zwei Jahrzehnten Schulpraxis ein Rätsel. Doch finden sie immer ihren Weg."
"So, tun sie das? Das ist ja erfreulich, dass ihre Praxis dies besagt, Herr Kollege. Ich bin mir da nicht so sicher. Und bei zurückgezogenen Einzelgängern schaue ich schon mal gerne genauer hin."

"Diese neuartigen Methoden von der Universität sind wenig geeignet für die Praxis. Das werden sie auch noch erfahren", spottete der ältere Kollege. "Als hätten wir Zeit, all 'diese kleinen Seelen zu begutachten. Was auch völlig überflüssig ist. Denn wir Lehrer sind auf der einen Seite, sie auf der anderen. Sie erscheinen vielleicht rätselhaft. Dabei halten sie uns doch nur heraus aus ihren Angelegenheiten. Wir sind *nicht* ihre Freunde. Das müssen Sie lernen, Frau Kollegin, um sich nicht vom Schulalltag auffressen zu lassen. Jeder dieser Lausebengel hat irgendein Problemchen. Darum sollen sich die Eltern kümmern. Wir sind mit dem Lehrstoff schon vollständig ausgebucht."

Die zwei Jüngsten im Kollegium blickten sich in ein-trächtigem Verständnis an und beließen es dabei. Zumal Frau Klemm sich wirklich nicht ganz sicher war, ob sie sich um den Jungen nur deshalb etwas mehr bemühte, weil er schlichtweg ihre Sympathie weckte. Und Sympathie beeinträchtigt jede objektive Sicht-weise. Dessen war sie sich durchaus bewusst.

Elterliche Fürsorge der anderen Hausbewohner

Der Schnee schmolz und das Spiel auf dem Hof wurde wegen der nasskalten Witterung von der Mutter untersagt. Also wurde mit dem etwas älteren Sohn des Hausbesitzers im Haus gespielt. Günter war ein schmächtiger, zurückgezogener Knabe. Allerdings mit eigenem Zimmer auf dem Dachboden. Und dies bedeutete, dass sie ungestört ihre Spielbauten errichten konnten und, was vielleicht noch wichtiger war, auch über den Tag hinaus bestehen lassen durften. So wuchsen Miniaturlandschaften, mit kleinen Spielzeugautos und allen zur Verfügung stehenden Figuren bevölkert, zu immer größeren Gebirgen. Decken, Kartons oder jedes beliebig andere Gerät fand Verwendung. Völlig versunken verflogen die Stunden in einer fiktiven Welt, wie sie ausschließlich Kindern vertraut ist.

Günter war bereits zum Essen gerufen worden. Der Junge machte sich ebenfalls auf den Weg in den ersten Stock. Auf der Hälfte der Treppe vernahm er die Auseinandersetzung und blieb still stehen.

"Ich sage dir, dass du dich sofort um den Ölofen kümmern musst. Er funktioniert nicht. Ich sehe es einfach nicht ein, mich tagtäglich mit diesem Schmutzteil herumärgern zu müssen. Falls du ihn nicht ans Laufen kriegst, informiere unseren Vermieter, dass er sich darum kümmert. Es ist kalt und nass. Und jeden Tag sitze ich hier und fühle mich unwohl. Tu also etwas!"
Derweil löffelte der Mann unberührt seine Suppe.
"Hörst du mir zu? Es stinkt nach Öl. Riechst du das nicht?"
Das Löffeln ging ohne Unterbrechung weiter. Der Junge ging einige Stufen hinab und konnte die Szenerie nun nicht nur hören, sondern auch beobachten. Plötzlich sprang die Frau von ihrem Stuhl und riss am Kragen des Mannes. Und das mit aller Kraft. Das Hemd zerriss. Als sie den Kragen in ihrer Hand betrachtete, ließ sie ihn fallen und schlug mit der flachen Hand auf den Kopf des Mannes ein. Der machte nicht einen Versuch, sich zu wehren. Die Frau

gab völlig befremdliche Töne von sich, bis sie irgendwann, offensichtlich kraftlos, auf einen Stuhl sank. Erst jetzt sah der Junge, dass die Schwester auf der anderen Seite des Küchentischs saß und der Szenerie still mit aufgerissenen Augen beigewohnt hatte. Er wusste nun nicht, ob er zum Essen bleiben oder zum Schlafen hinauf in sein Zimmer gehen sollte. Da es nur Suppe gab, entschloss er sich, sein Nachtzeug anzuziehen und zu Bett zu gehen. Kurz sann er darüber nach, ob er allen eine gute Nacht wünschen musste. Denn das gehörte sich ja so. Vielleicht auch nach einer solchen Szene.

Nach dem nächsten Schultag war Günter nicht zum Spielen erschienen. Auf Nachfrage erhielt der Junge eine Uhrzeit genannt, zu der er sich am Hauseingang einzufinden hatte. Mit dieser Information allein gelassen, machte er an diesem Tage die Hausaufgaben ausnahmsweise einmal sehr früh.

Natürlich versäumte er, sich zur korrekten Zeit einzufinden, bis er ein Wimmern vernahm, dass ihn ins Treppenhaus lockte. Es kam von der Haustür. Langsam und bedacht schritt er jede einzelne Stufe hinab, bis die Wohnungstür des Vermieters im Erdgeschoss sichtbar wurde. Dort verharrte er mit stillem Blick auf das Arrangement. Er fand den Günter an die Türklinke gebunden, das Gesicht zur Türe gerichtet. Und sein Vater, ein Bauarbeiter, den er praktisch nie ein Wort hatte reden hören, schlug mit einem Stock auf ihn ein. Was das für ein Stock war, erkannte er nicht. Das Wimmern war Günters unterdrücktes Weinen. Vor dieser Szenerie erstarrt, bewegte er sich keinen Schritt weiter. Er sah nur seine Mutter und die Schwester am Treppenabsatz stehen.

Die Augen seiner Schwester konnte er nicht sehen. Das Schlagen hörte auf. Der Bauarbeiter verschwand und die Mutter Günters hielt diesem eine Standpauke, die der leise wimmernd entgegennahm. Als endlich genug gesprochen war, knotete sie ihren Sohn vom Türgriff los und verschwand. Ohne sich umzuwenden oder sonst eine Regung zu zeigen, rief seine Gebährerin zu ihm herauf: "Jetzt hast du sehen können, was dich erwartet, wenn du wieder einmal nicht auf mich hörst. Verstanden?"

Er gab keine Antwort, ließ seine Schwester an der Hand der Mutter an sich vorbeiziehen und blieb auf der Mitte der Treppe stehen. Zum Glück hatte er kein rechtes Zeitgefühl. Aber irgendwann fühlte er seine Beine und ging, ohne einen Gruß an seine Familie, schlafen.

Als er am nächsten Tag während des Unterrichts wieder mit Tränen in den Augen kämpfte, ließ Frau Klemm ihn zu sich kommen.
"Nun erzähl mir, was dich bedrückt. Quält dich vielleicht einer deiner Kameraden?"
"Nein."
"Was ist es denn, was dich so traurig sein lässt? Ich verspreche dir, dich nicht zu verraten! Also kannst du es mir ruhig anvertrauen."
Er blieb still, bar jeder Idee, was er auf diese Frage hätte antworten können.

Er sah Günter einige Zeit nicht mehr. Einen Abend, vor dem Einschlafen, schlich er sich zu Günters Zimmer hinüber und spinkste durch das kleine Glas. Es war eine primitive, von irgendeiner Baustelle abgeschleppte Tür. Anderenfalls hätte sie kein Glas dort oben gehabt. Er konnte sehen, wie Günter im Bett unruhig den Kopf hin und her warf und leise, gequälte Töne von sich gab. Er brachte es einfach nicht fertig, das Zimmer zu betreten und ihn zu trösten. Seltsamer-weise kam er nicht einmal auf die Idee. Vielleicht mochte er den Günter nicht genug. Das wird es gewesen sein.

Klapperschlangen

Manche Menschen sind mit einem Schicksal geschlagen. Das sollte der Junge erstmals in den nächsten Tagen erfahren.

Die beiden Frauen des Hauses begaben sich in die Waschküche. Wenn man durch die Garage ging, lag diese am Ende links. Der zweite Ausgang aus der Waschküche lag einige Schritte weit auf der gegenüberliegenden Seite, war abgeschlossen und führte auf einen kleinen Hinterhof des Hauses, der direkt an den Wald und das Nachbargrundstück grenzte.
Dieser Hinterhof maß drei mal vier Meter. Die Ränder waren vollgestellt mit verrosteten Baugeräten des Hausbesitzers. Der Boden bestand aus festgetretener Erde.

Die Frauen machten sich an ihre Bottiche und Zentri-fugen. Ihre Haare waren in Tüchern zurückgesteckt. Und unter den Schürzen trugen sie nur ein Hemd und kurze Hosen. Obwohl es nicht sein durfte, wirkte ihre

Erscheinung abschreckend auf den Jungen. Natürlich gab er nicht das geringste davon preis oder zu verstehen. Es waren ihm selbst fremde und unangenehme Gefühle.

Die beiden Frauen würden den gesamten Nachmittag abwechselnd in der Waschküche, einem kleinen Flecken vor der Hausfront, ausgestattet mit Wäscheleinen, begrenzt von einer hohen, alten Mauer, die das Ende des durch Stacheldraht gesicherten Nachbargrundstücks für sie darstellte und der Küche der Vermieterin verbringen. Die Schwester war - er wusste nicht wo. Vielleicht spielte sie mit Christiane, der gleichaltrigen Tochter der Vermieterin. Günter war nicht aufgetaucht. Er fragte nicht nach dem Grund. Also postierte er sein Spiel wieder einmal an der achtzig Zentimeter Mauer, hinter der ein weit ausholendes, verwildertes Grundstück lag. Wirkte ihr Haus und die Wohnung bereits alt und heruntergekommen, so das zur linken gelegene geradezu abgewirtschaftet. Der Mörtel zwischen jedem einzelnen Ziegel bröckelte auf die Erde. Er wusste nicht, wer dort wohnte. Tatsächlich hatte er die dort verorteten, dem Hörensagen nach alten Menschen bislang noch nie gesehen.

Er gedachte heute diese imaginäre Grenze zu verteidigen, mit allem, was ihm zur Verfügung stand. Im konkreten Fall war dies: ein Spielzeuggewehr aus Plastik. Statt den Schneemonstern waren feindselige, wilde Horden in Sichtweite, die einen verheerenden Angriff auf diese Grenze planten. Wen er verteidigte, war ihm nicht klar. Denn weder wollte er Mutter noch Schwester schützen. Die mochten den räuberischen Horden seinethalben zum Opfer fallen. Er fragte sich, ob die wilde Horde einen zusammenhängenden Satz aus seiner Schwester herauspressen könnten. Im Grunde war ihm dies gleichgültig. Lebende Bilder hatten in seinem *Spiel-Film* nämlich nichts verloren. Er dachte nicht daran, *jemanden* zu verteidigen. Er konnte nicht benennen, was er überhaupt zu verteidigen suchte. Außer dieser Grenze. Also hielt er Wache und beobachtete die Bewegungen der feindlichen Horde sehr aufmerksam.

Im Verlaufe dieser Beobachtung bemerkte er, dass die wilde Horde sich Schritt für Schritt zurückzog. Bis sie sich seinem Blick völlig entzog. Verunsichert blickte er nach links, ob vielleicht eine der beiden Frauen gerade von der Garage zur Wäscheleine ging und mit ihrem Erscheinen die wilde Horde verjagt haben könnte. Oder war vielleicht doch ein Mensch aus dem abgetakelten Haus getreten und schaute sich im verwilderten Garten um? Aber wie immer war die Tür zum Garten geschlossen.

Schritt er jetzt über diese Grenze, wollte er sicher sein, dass ihn niemand dabei beobachtete. Als er sich dessen so gut wie möglich vergewissert hatte, setzte er vorsichtig ein Bein über die Mauer. So blieb er eine Zeitlang stehen. Immerhin war es möglich, dass er in eine Falle gelockt werden sollte. Als nichts weiter geschah, zog er das andere Bein nach. Nun stand er doch wirklich in Feindgebiet, jeden Moment gewahr, von der wilden Horde angegriffen oder von den Bewohnern des alten Hauses gestellt zu werden. Die beiden Waschfrauen verschwanden hinter den zurückgelassenen Kulissen der Wirklichkeit. Extrem vorsichtig, um nur ja keinen einzigen Ton zu verursachen, arbeitete er sich Schritt für Schritt in der

Wildnis vorwärts. Von einigen Cowboy- und Indianer Filmen belehrt, wusste er genau, dass besonders auf trockene Holzstöckchen zu achten war. Sein Gewehr hielt er bereit im Anschlag. Er würde ohne zu zögern schießen, sollten sich ihm Feinde entgegenstellen. Auf diesem fremden, feindlichen Gebiet gab es nämlich keine Freunde. Brenneseln verbrannten seine Waden. Trotzdem blieb er unbeweglich, um keine Zielscheibe abzugeben. So kam er nur unendlich langsam voran. Als er ungefähr die Hälfte des feindlichen Gebietes durchstreift hatte, erreichte er Platten aus dünnem Stahl, die einen Weg quer durch die Wildnis markierten. Langsam ging er in die Knie, immer noch bereit, jederzeit sein Gewehr an die Schulter zu reißen, um die unversehens angreifende wilde Horde abzuwehren. Er war auf das Äußerste gespannt.

Was ihn veranlasste, wird niemand jemals klären. Vielleicht schlichte Neugierde. Jedenfalls schulterte er sein Gewehr und hob eine der Platten hoch. Was er vorfand, verschlug ihm den Atem: Lebendig sich ringelnde Schlangen! Er wusste sofort, dass er eine bedeutende Entdeckung gemacht hatte. Nur wusste niemand außer ihm, wo er sich befand, welchen Gefahren er ausgesetzt war und welche Entdeckung er gemacht hatte. Also griff er mutig in das Geringel, griff sich eine, ließ die Platte mit einem viel zu lauten *Plump* fallen. Dieses Geräusch konnte ihn verraten. Also nahm er die Füße in die Hand und wetzte in Richtung sichere Grenze. Völlig außer Atem erreichte er die Mauer, sprang darüber hinweg, spurtete ohne zögern in Richtung Haustüre, die rechts von ihm lag. Er konnte nur wenige Menschen über seine entscheidende Entdeckung informieren. Und diese

Gewissheit ließ ihn ohne Ankündigung in die Küche der Vermieterin treten. Mit stolzgeschwellter Brust hob er die Schlange den beiden Frauen entgegen und hielt noch Bericht, als er den ersten Schlag von links in sein Gesicht erhielt. Die Schlange fiel ihm aus der Hand und auf den Boden. Als er sich nach ihr bückte, spürte er den Tritt in seine Magengegend. Hätte die Vermieterin gewagt, fremde Kinder zu behandeln wie ihr eigenes, wäre er sicher auch von der anderen Seite aus getreten worden. Derweil versuchte die Blindschleiche, sich in Sicherheit zu bringen. Er hörte heftiges Geschrei und noch einen Tritt in seinen Allerwertesten. Er schlug mit dem Kopf gegen das Bein der Sitzbank. Einen kurzen Moment war er benommen. Etwas zog ihn am Bein unter dem Tisch hervor, brüllte ihn an. Er verstand nur so viel, dass er seine Entdeckung besser für sich behalten hätte. Dabei war es unvermeidlich, solch sensationelle Funde zu teilen. Erst dadurch erhielten sie eine besondere Note. Er sah kurz noch auf seine Schwester, die auf der Sitzbank saß und ihn still betrachtete. Danach erhielt er einen Hieb auf die andere Seite seines Gesichts. Und wieder wurde etwas gebrüllt. Als er unter den Tisch fiel, sah er, wie die Tochter der Vermieterin sich nach unten beugte und ihm mitteilte, dass er aufgefordert war, die Blindschleiche sofort aus diesem Raum zu schaffen. Er machte sich unter Fluchen, Tritten und Schlägen daran, das Tier zu suchen. Als er es fand, presste er es wie einen verwundeten Freund an sich, rannte aus dem Zimmer, sprang über die Mauer und entließ das zerquetschte Tier seinem Schicksal.

Er war doch noch unerwartet vom Feind geschlagen worden. Und zwar in einem unbedachten Moment. Er hatte nicht achtgegeben. Das war sein Fehler. Einen Moment hatte er sich in Sicherheit geglaubt. Und genau diesen Moment nutzte der Feind. Das war auch logisch, ja zwangsläufig das Richtige von dessen Warte aus betrachtet. Hätte er als Feind anders gehandelt? Sicher nicht. Er musste besser werden. Viel besser. Immerwährende Aufmerksamkeit. Niemals unbedacht handeln. Niemals zufrieden sein, mit dem, was gerade war. Diese Gefühle schläferten nur die Aufmerksamkeit ein, die an jene unverzichtbar-wache Obacht mahnten. Das hatte er nun davon. Der Feind hatte ihn mächtig und sichtbar zerschunden.

Als am Abend der Vater von der Arbeit kam und Bericht über seine Aktion gehalten wurde, sollten weitere Prügel folgen. Es geschah aber nichts. Er wusste nicht, weshalb das so war. Jedenfalls wendete sich die Wut der Mutter nun gegen den Vater. Sie schrie ihn an, riss schon wieder an dessen Kleidern und klatschte ihn gegen die Brust, was geradezu wie eine hilflose Geste wirkte.

"Ich habe mich bis hierher geschleppt, um mein Leben zu leben. Und nun lässt du mich mit diesen beiden Kreaturen alleine. Was glaubst du eigentlich? Das die Väter keine Verantwortung für ihre Kinder übernehmen müssen?"

"Ich wollte keine Kinder. Vor allem nicht das Zweite. *Das* war alleine deine Entscheidung. Schon Vergessen?"

Er schaute auf seine Schwester. Die schaute auf ihren Vater. Sonst geschah an diesem Abend nichts mehr.

Am nächsten Morgen musste er in die Schule, obwohl er sich gar nicht gut fühlte. Frau Klemm holte ihn in der ersten Pause zu sich und fragte mit entschlossener Stimme: "Wer war das? Wer hat dir das Auge blau geschlagen? War es Paul? Oder vielleicht Sascha? Sag es mir. Vorher kommst du hier nicht weg!"

Er spürte instinktiv, dass er auf gar keinen Fall aussprechen durfte, wer dafür verantwortlich war. Anderenfalls wäre der Feind übermächtig über ihn hergefallen und er wäre ihm aussichtslos zum Opfer gefallen.
"Du bist kein Held, wenn du verschweigst, wer dies angerichtet hat. Ein Dummkopf bist du. Und ein Feigling dazu!"
Frau Klemm hatte ganz recht. Er wusste das.

Das ausgeschlagene Stück Zahn

Günter war wieder aufgetaucht. Wohlbehalten, wenn auch stiller. Sie spielten ohne wortlos. Die Spielzeugautos wurden über Spielzeugberge geschoben. Die Plastikcowboys waren stille Gesellen. Indianer sprachen ja ohnehin wenig. Er fragte Günter nicht ein einziges Mal nach dessen Empfindungen. Die verdächtigen Ereignisse waren tabuisiert, wie nur Kinder tabuisieren können: vollständig und undurchdringlich. Aber das ist nicht das einzige Verbrechen, dessen sich Kinder schuldig machen.

Der lange, schmale Hof war geeignet für Spiele jeder Art. Also auch für Rollhockey. Ausgestattet mit Plastikschlägern und auf Rollschuhen mit vier Rädern sowie kleinen Toren war es möglich, Nachmittage verfliegen zu lassen, um am Abend völlig erschöpft in die Federn zu fallen. Manchmal aber kommt es vor, dass sich Jungen nicht einig sind, ob ein Tor gegeben werden soll oder eben nicht. Es kommt zum Streit, falls kein Schlichter in der Nähe ist. So auch zwischen den beiden. Jeder baute sich drohend vor dem anderen auf, versprühte von den Erwachsenen übernommenes Gift. Das Spiel war zu Ende. Der Streit fuhr fort. Die Drohungen ebenfalls. Keiner schien endgültig entschlossen, sich an dem anderen zu vergreifen. Vielleicht wurde unbewusst nach einem Weg aus dieser Sackgasse gesucht. Aber leider vergebens. Als es leicht dämmerte, kam der Vater des Jungen von der Arbeit. Er wurde wortreich von beiden darüber in Kenntnis gesetzt, dass man gewillt sei, sich gegenseitig in das Gesicht zu schlagen. Mit dem Übergabewunsch der Verantwortung war die Erwartung nach Schlichtung mehr als nur eingefordert.

Die Antwort des Vaters fiel anders aus.
"Gut. Wenn ihr wollt, schlagt euch."
"Auch in das Gesicht?", hallte es nochmals fast bittend, aber vergeblich.
"Auch in das Gesicht." Die Antwort war nichts mehr als trockene, unbeteiligte Feststellung.

Es geschah, was nicht hätte geschehen sollen. Ob der Schlag nicht eher für den Vater gedacht war oder überhaupt nicht nachgedacht wurde, wer weiß das schon! Jedenfalls verlor der Günter ein Stück seines Schneidezahnes. Da die Beteiligten sich nachweislich die Erlaubnis eines Erwachsenen eingeholt hatten, folgten überraschenderweise keine Erwachsenensanktionen.

Natürlich war am Abend das Geschrei im ersten Stock trotzdem groß. Ob man auf der Straße landen wolle, wegen des einen Schlägers innerhalb der Familie, hieß es da.

"Du hast Mitschuld an dieser Dummheit. Hat er dich wirklich noch vorher gefragt? Und du hast ja gesagt? Was denkst du dir eigentlich? Wie sollen wir einen Zahnersatz zahlen, wo uns doch so schon nicht genug zum Leben bleibt?! Du armer Schlucker! Du Versager! Und riech an meiner Hand, wie sehr sie nach diesem verdammten Heizöl stinkt, weil der Ofen mal wieder nicht lief. Immerzu musste ich per Handbetrieb Öl in den Brenner pumpen. Immerzu. Meine Hand ist völlig verdreckt und stinkt. Hier riech daran. Sogar wund habe ich mich gerieben."

Sie hielt ihm die Hand direkt unter die Nase. Und als keine Bewegung der Nase wahrzunehmen war, schlug sie mit zusammengeballter Faust von unten auf die Nasenlöcher. Das Blut floss augenblicklich. Er aber unternahm gar nichts, um diesen Fluss aufzuhalten. Es tropfte Blut auf Kleider, Tischdecke und Boden. Das Geschrei nahm danach nur noch zu. Tatsächlich folgte ein weiterer Schlag mit der anderen Hand. Auch daraufhin kam keine Reaktion.

"Soll ich dir erst deine Zähne ausschlagen, bevor du etwas tust oder sprichst?", kreischte eine völlig entgeisterte weibliche Stimme.

Die Schwester saß still auf der Sitzbank. Sie beobachtete die Situation ganz genau. Schließlich erhob sich der blutende Vater und ging in das angrenzende Wohnzimmer und schaltete den Fernseher an.

"Ihr esst gefälligst, was ich euch vorgesetzt habe!" Das Gebrüll in der Küche wurde einfach mit anderen

Protagonisten fortgesetzt. Die Schwester nahm keinen Bissen zu sich. Das Gebrüll steigerte sich. Der Junge beugte sich über die Mahlzeit und schlang sie ohne Geschmack in sich hinein. Die Schwester bewegte sich keinen Zentimeter. Das Gebrüll ließ aus diesem Grunde nicht nach. Völlig überraschend riss die Frau ihre Tochter an den Haaren vom Tisch, griff nach dem Teller und zerrte sie zur Treppe.
"Falls du glaubst, meine Mahlzeiten einfach verkommen lassen zu können, werde ich dich lehren zu essen, wann ich es sage. Ab in den Keller!"
Und fort war sie. Der Junge wusste, was der Keller bedeutete: unbehandelte, kühle, irdene Wände und Boden. Vielleicht ein kleines Fenster. Aber es dämmerte bereits. Er hoffte, dass das Licht angeschaltet blieb.
Als die Frau wieder in der Küche erschien, brachte er gerade sein Geschirr zum Spültisch.
"Falls du glaubst, die Geschichte mit dem ausgeschlagenen Zahn sei hiermit beendet, so warte ab, wenn der Vater von diesem Günter nach Hause kommt. Vielleicht schlägt er dir dann ein Stück Zahn aus deinem vorlauten Mund. Du weißt ja, wozu der fähig ist. Ihr beide seit verwöhnte Gören. Aber das kann auch anders werden. Das verspreche ich dir!"
Vor Günters Vater hatte er mächtigen Bammel. Der war Bauarbeiter und so kräftig, dass er die Gewalt seiner Schläge nicht beurteilen konnte. Nun hatte er dessen Sohn geschlagen. Würde der Vater sich dafür an ihm rächen?

An Günter dachte er keine Sekunde. Auch verschwendete er keinen Gedanken daran, dass er zuschlug, während Günter in dieser Hinsicht untätig geblieben war. Da fand sich kein Schuldgefühl. Keine

Reue. Eher sogar ein wenig Wut über den Günter. Denn der war ja daran schuld, dass es überhaupt soweit gekommen war. Wegen des aberkannten Tores im Rollhockey. Kindliche Wut. Richtige Wut. Er würde ihn nochmals schlagen, aber viel heftiger, wenn er konnte. Auch ohne die Erlaubnis von einem Erwachsenen.

Am nächsten Tag prügelte er sich auf dem Klosett in der Schule. Praktisch als Ersatzhandlung. Er bekam tüchtig eins auf die Nase. Und Frau Klemm war betrübt. Sie hatte es nicht für möglich gehalten, dass er ebenfalls zu einer Sorte von Schlägern gehörte.
"Nein. Gehöre ich nicht!", wollte er rufen. Aber das widersprach ja seinen tatsächlichen Handlungen. Auch Frau Klemm verstand ihn nicht.

Nachbarschaft, Rollerfahrt & Keller

Was geschah eigentlich im vom Stacheldraht abgesperrten Nachbarhaus? Das fragte er sich immer wieder, wenn es trotz aller Vorsichtsmaßnahmen ein Ball über den hohen Zaun in den kleinen Garten geschafft hatte. Nie war da jemand, den man rufen konnte. Irgendwann hatte er einen kleinen Mann in schmutziger Arbeitskleidung beobachtet. Dann ein großes Mädchen in einem sehr abgetragenen Kleid. Und einige Male einen kleinen Jungen. Zu keiner Zeit eine erwachsene Frau. Auch spielte der kleine Junge nicht ein einziges Mal mit ihm oder fragte auch nur danach. Bei der großen Schwester konnte er das verstehen. Sie schien einfach schon zu erwachsen.

Aber doch altmodisch in ihrem Aufzug. Das empfand selbst der Junge, obwohl er nicht genau benennen konnte, was es eigentlich damit auf sich hatte.

Die Haustür des mysteriösen Hauses lag direkt gegenüber der Mitte des eigenen Hofes, mit Stufen links und rechts von der Tür. Wenn er mal wieder still starrend am Zaun stand und dem Fußball nachtrauerte, der dort drüben unerreichbar im Gemüsebeet lag, war ausschließlich ein völliges unbewegt-sein zu beobachten. Die Fenster: leer. Wer arbeitete eigentlich wann an dem Gemüse in dem kleinen Garten? Rechts vom Haus, an der Begrenzungsmauer zur Frontseite seines Wohn-hauses, lag ein winziger Stall. Welche Tiere lebten in diesem kleinen Holzverschlag? Kein Laut war von dort zu vernehmen. Also keine Ziege oder Schaf oder gar Schwein. Die waren doch aktiv und damit unruhig. Jedenfalls soweit er wusste. Aber es ging um den Ball. Wie erhielt er ihn zurück? Irgendwann wagte er einen Ruf. Aber viel zu schmächtig, um ihn im Haus dort drüben zu vernehmen. Obwohl, es war ja lediglich vier Meter entfernt. Auf die Idee, dort zu klingeln, kam er nicht. Er fühlte, dass dies einfach nicht der richtige Weg war, sich an diesem Ort Zugang zu verschaffen. Er verließ den Hof, richtete sich nach rechts, vorbei an einer Garage, die von der Straße aus den Gemüsegarten verdeckte und stand vor dem Eingangsgitter des Nachbarhauses. Das Namens-schild war alt und durch Regen zur Unleserlichkeit verwittert. Sollte er klingeln? Wartezeit erscheint zäher, unvergänglicher als herkömmliche Zeit. So kam es ihm vor, den Finger minutenlang in Lauerstellung über dem Knopf gehalten zu haben. Ein, zwei Fußgänger waren vorbeigegangen. Dann endlich, mit

einer schnellen, weil frei gelassenen Bewegung schnellte der Zeigefinger auf den Knopf, verharrte, löste sich. Warten. Alles blieb unverändert. Sollte, durfte er nochmals klingeln? Was war er bereit für die Rückgabe seines Balls zu tun? Die Haustür öffnete sich und das große, altbackene Mädchen erschien in einem geblümten, wadenlangen Kleid.
"Was willst du?"
"Meinen Ball. Ich habe meinen Ball versehentlich über den Zaun geschossen."
"Geh zurück. Ich werfe ihn dir über den Zaun."
Er lief die wenigen Meter zurück in den Hof, stoppte direkt gegenüber dem Hauseingang des Nachbarn. Das große Mädchen hatte den Ball aufgegriffen, lächelte und versuchte ihn über den Zaun zu kicken. Natürlich vergebens. Mädchen konnten ja nicht Fußballspielen. Seltsam, dachte er noch, dass sie es versucht hatte. Lächelnd hob sie den Ball erneut hoch, versuchte es nochmals vergebens, um ihm im dritten Versuch über den Zaun zu werfen. Sie ging dabei etwas in die Knie, wie eine Kugelstoßerin. Es wirkte ungeschickt. Doch der Ball segelte über den Zaun, traf einmal in seiner Nähe auf um direkt über die achtzig Zentimeter Mauer in den anderen Garten zu springen. Das machte nichts. Denn von dort war es möglich, sich selber den Ball zurückzuholen. Als er mit demselben im Arm zurückkam, was nur wenige Augenblicke gedauert haben konnte, war das große Mädchen im Haus verschwunden. Vielleicht hatte er sich bedanken wollen. Oder doch lieber für den nächsten Fall vorbeugen. Denn sicher würde dieses Malheure sich wiederholen. Deshalb blieb er stehen und beobachtete das Haus weiter. Hatte er vielleicht

das Gesicht des Nachbarjungen im Fenster gesehen? Er war nicht sicher. Aber es war auch gleich. Er kam nicht heraus zum Spielen.
'Genau wie meine Schwester', dachte sich der Junge. Es war also keineswegs etwas Besonderes, nicht mit anderen spielen zu wollen. Es kam vor.
Dass seine Schwester ab und an mit der Tochter des Hausbesitzers spielte, viel dem Jungen nicht weiter auf. Er konnte sich nicht vorstellen, mit oder in dieser Stille zu spielen. Auch Puppen mussten doch irgend-wann etwas zu sagen haben. Oder spielten Mädchen auch noch etwas anderes? Er wusste es nicht. Es interessierte ihn auch nicht. Die Tochter des Hausbesitzers fand in seiner Welt ebenfalls keine Beachtung. Offensichtlich wurde sie nicht verprügelt wie ihr Bruder. Er jedenfalls hatte niemanden dabei beobachtet. Das erinnerte ihn an Günter. Er wollte einmal nachsehen, was der so machte. Vielleicht war er ihm ja nicht mehr böse und würde wieder mit ihm spielen.

Nach einer kurzen, zurückhaltenden Begrüßung war Günter tatsächlich wieder bereit, mit ihm gemeinsam Zeit zu verbringen. Sie verabredeten sich zum Rollerfahren. Nachdem einige Runden im Hof gedreht wurden, war es an der Zeit, den Fahrkreis auf den Bürgersteig auszuweiten. Günter war größer und schmaler als er. Sie jagten rücksichtslos aus dem Hoftor, lenkten rechts auf den Gehweg, vorbei an dem rätselbehafteten Nachbarhaus. An der Einfahrt einer Tiefbaufirma hielten sie an und begutachteten die mächtigen Lastwagen, Raupen, Teermaschinen und was es sonst noch so zu sehen gab. Direkt danach folgte der eher unauffällige Eingang zu einer Schreinerei. Vollständig uninteressant für die Beiden.

Der Gemischtwarenladen war da schon weitaus aufregender. Doch hatten beide keine Groschen in der Tasche, um irgendwelchen Süßkram zu erstehen. Danach folgten nur noch Wohnhäuser, wobei das neu Erbaute auf der gegenüberliegenden Straßenseite ein wenig ihr Interesse auf sich zog. Möglicherweise wohnten dort fremde Jungen, mit denen man spielen konnte oder die einen verprügeln wollten. Danach machte die Straße eine leichte Wendung nach rechts. Hier mussten sie sich entscheiden: Entweder zurück oder weiter rollern, um nach einem Kilometer in den Sportpark abzubiegen. Dort war man ungestört oder konnte vielleicht sogar das Training der Fußballer beobachten. Je nachdem, wonach einem der Sinn Stand.

Doch heute drehten sie ohne besonderen Grund ab und kehrten zurück. Auf Höhe der Schreinerei kreuzte ein Fahrradfahrer ihren Weg, der den Hof Richtung Straße verlassen wollte. Günter erwischte es und er stürzte. Niemand konnte nachvollziehen, wie das Schutzblech des Vorderrades kurz oberhalb des Knies eindringen konnte. Aber genauso geschah es. Er lief, den Roller mit einem Knall auf den Bürgersteig schleudernd, laut schreiend nach Hause, sank auf das gesunde Knie, um der Mutter das Resultat des Unfalls zu präsentieren. Das alles nur, um sich von deren Seite Ärger einzuhandeln. Der Junge mochte diese Frau so wenig wie seine eigene Mutter. Manche Menschen haben einfach die Scheißkarte gezogen. Günter zählte ohne Zweifel dazu.

Was genau alles im Knie kaputt gegangen war, entzog sich seiner Kenntnis. Die gemeinsame Spielzeit war wieder einmal unterbrochen. Also musste er die

Grenzen des Hofes in der nächsten Zeit erneut alleine verteidigen, die Figuren einer Kinderlandschaft auf und abbauen, die Rollschuhe, den Roller oder das Fahrrad bewegen, den Ball über den Zaun spielen, auf zwei stillschweigende Mädchen achtgeben, während die Mütter Wäsche wuschen.

In den nächsten Tagen war es wieder einmal der Ölofen, der den Dienst verweigerte. Der Geruch stieg einem in die Nase, sobald man die Küche betrat, obwohl er im Wohnzimmer stand. Die hässlich-rußend gelbe Flamme hielt einfach nicht. Immer kleiner wurde sie, bevor sie vollständig erlosch. Fluchen. Betätigen des manuellen Ölflusses in den Brenner. Immer wieder.
"Geh Öl holen!" Der Befehl und die Kanne wurde in einem ausgehändigt. Er ging in die Garage, pumpte mit der Hand die Kanne voll und transportierte sie umständlich die Treppen hinauf. Die knapp zehn Liter schwappten. Spritzer schleuderten umher.
"Was machst du da? Du verlierst Öl. Das stinkt. Deine Kleider sind ebenfalls voll damit. Wirklich zu nichts bist du zu gebrauchen. Ganz der Vater!"
Und wie auf Befehl erschien dieser grußlos in der Tür.
"Komm her und hilf mir. Dieser verfluchte Ofen funktioniert wieder nicht. Und ich muss die Schweinerei von dem Kerl da aufwischen. Er hat im ganzen Haus das Öl verteilt."
Sie riss die Ölkanne an sich, was zur Folge hatte, dass ein Schwall auf den Boden des Wohnzimmers schwappte. Die Flucherei fand daraufhin gar kein Ende. Auf den vor dem Ofen knienden Mann wurde von hinten eingedroschen. Ein fremder Tonfall mischte sich zwischen die Flüche. Der Junge konnte ihn nicht identifizieren. Eine Art Keuschen. Die Szenerie war

bizarr und damit befremdend. Der Mann fummelte am Ofen. Die Frau trommelte von hinten auf ihn ein. Die Schwester stand, wie immer unbemerkt aus irgendeiner Ecke gekrochen, mit großen Augen dabei.
Der Junge verließ das Zimmer und verbrachte seine Zeit an einem andern Ort.

Ob es der Geruch nach Öl oder die Art der Zubereitung der Mahlzeit war: Jedenfalls aß die Schwester keinen Bissen. Sie saß mit einem Stofftier im Arm am Tisch, sprach wie üblich kein Wort und bewegte sich nicht. Das Gezeter der Mutter nahm kein Ende: "Willst du nun essen oder soll ich deinen Teller in den Abfallkorb werfen? Oder besser noch den Tieren zum Fraß vorwerfen. Die Tiere sind nämlich dankbare Wesen und essen, was ihnen aufgetischt wird."
Schweigende Blicke. Das konnte einen schon zur Verzweiflung treiben. Der Junge aß und schaute von einem auf den anderen. Unerwartet wurde der schwesterliche Teller vom Tisch genommen und das Fenster aufgerissen. Dann stand er draußen. Doch es kamen keine Vögel. Und natürlich auch keine anderen Tiere, obwohl der Wald gleich hinter dem Haus begann. Weshalb sollten sie gerade in dieser Minute an diesem Ort ihr Fressen suchen? Die Wut darüber ließ die Frau den Teller wieder einholen und vor das Mädchen stellen. Die blieb unbeweglich und mit weiterhin aufgerissenen Augen sitzen.
"Ab in den Keller. Und du gleich mit!"
"Ich? Ich hab doch gegessen", protestierte der Junge.
"Halt den Mund. Nimm den Teller deiner Schwester und ab mit euch in den Keller!"
Eine leichte Bewegung des Widerstands regte sich im Jungen. Nur ein Blick der Mutter ließ diesen augenblicklich verschwinden. Ergeben nahm er den

Teller, die Schwester und verschwand aus der Küche. Schon die Treppe zum Keller war unheimlich und stank nach kalter Feuchtigkeit. Er knipste das Licht an, ging die Stufen hinab und weiter zu dem der Wohnung zugehörigen Keller. Der Keller umfasste drei Räume: der erste sofort am Fuße der Treppe. Dort standen einige Gebrauchsgegenstände. Ein enger Zugang zum nächsten Raum. Das war der Strafkeller. Weiter rechts lagen noch weitere Räume. Einige Briketts lagen achtlos herum. Dann noch der hölzerne Behälter für Kartoffeln. Sonst gab es nichts in diesen Räumen. Sie setzten sich auf zwei leere Holzkisten. Der Junge stellte dem Mädchen das Essen vor. "Ess auf. Damit wir so schnell wie möglich wieder herauskommen." Das Mädchen reagierte mit keiner Bewegung und keinem Wort. Schließlich aß er die Reste, wartete einige Zeit, damit kein Verdacht entstand, stand auf und wollte den Keller verlassen. Das Mädchen blieb sitzen. "Willst du nicht wieder mit heraufkommen?" Das Mädchen verneinte mit einem langsamen Kopfschütteln. "Wir können hier doch nicht sitzen bleiben. Es ist kalt. Und so schrecklich langweilig. Also komm!" Er griff nach dem Arm des Mädchens und wollte sie hinausschleppen. Mit einem Wimmern beharrte sie, auf der Kiste sitzen zu bleiben.

"Na gut. Mach doch, was du willst. Ich warte jedenfalls nicht ab." Mit dem Geschirr in der Hand verließ er den Keller. Einen Augenblick dachte er darüber nach, dass Licht auszuschalten, wurde sich dann aber der Gemeinheit einer solchen Tat bewusst und unterließ es. In der Küche angekommen stellte er das benutzte Geschirr im Waschbecken ab.
"Glaubst du, dass Geschirr wird von selber sauber?"
"Nein."

"Dann mach dich dran und spüle es ab. Und erzähl mir nicht, dass sie den Teller aufgegessen hat. Du kannst mich nicht für dumm verkaufen, auch wenn du das gerne möchtest. Deshalb verschwindest du wieder nach unten, nachdem du abgewaschen hast und wartest ab, bis ihr gerufen werdet. Wenn es nach mir ginge, würde euch euer Vater verdreschen. Aber dieser Schlappschwanz bringt es nicht fertig. Alles bleibt an mir hängen. Glaub aber nicht, dass ich nicht genauso hart zuschlagen kann wie er."
"Nein, glaub ich nicht."
Wie zum Beweis bekam er einen Hieb an seinen Hinterkopf. Da er mit beiden Händen im Spülbecken beschäftigt war, wäre sein Gesicht beinahe auf die Beckenbegrenzung geprallt. Er war nicht groß und konnte deshalb nur knapp darüber hinwegschauen. Eine Minute blieb er in Erwartung des nächsten Hiebs still stehen.
"Ich weiß nicht, wer mich dazu verurteilt hat, mit euch unter einem Dach zu leben", zeterte die weibliche Stimme hinter ihm. "Es muss ein grausamer Gott sein, der sich so etwas ausdenkt. Manche sind in ihrem Leben durch ein hartes Schicksal geschlagen. Aber derart ... Wenn es doch einen Menschen gäbe, der mich versteht, der mich ansieht. Nicht nur eine Bande von Dummköpfen und Schwächlingen. Dafür opfere ich mein Leben. Kein Wunder, dass ich immerzu Kopfschmerzen habe und mir übel ist."
Der Junge ging ab in den Keller.

Die Versuchung

Im angrenzenden Schlafzimmer gab es den sonntäglichen Streit zwischen den Eltern. Natürlich hörte man ausschließlich die Stimme der Frau. Und zwischen-durch ein Keuchen. Der Ölofen brannte auf kleinster Flamme. Sollte er den Vorhang beiseiteschieben und die Eltern informieren, dass es bald vorbei sei mit der Wärme? Besser nicht. Die erste Begegnung sollte solange wie möglich hinausgeschoben werden. Was aber die ganze Zeit über tun, bis die beiden nebenan sich aus ihrem Ringen lösen würden? Den Fernseher konnte er nicht anstellen. Nicht, dass er nicht wüsste, wie dies funktionierte. Aber der Ton würde ihn verraten. Und diese Tat würde den Sonntagmorgen auf jeden Fall verdüstern. Es gab auch kein Micky Maus Heft hier unten. Ein Donald Duck Heft wäre ihm ohnehin lieber. Aber auch davon gab es keins. Vielleicht hatte Günter ein Neues? Gerade, als er das Wohnzimmer verlassen wollte, um nachzufragen, fiel sein Blick auf den Schreibtisch. Der war immerzu verschlossen. Heute aber entdeckte er den Schlüssel im Schloss und konnte nicht widerstehen. Ganz ganz leise öffnete er die Klappe von oben noch unten. Sie war schwer und er bemühte sich, sie nicht unversehens fallen zu lassen. Endlich war es geschafft. Es offenbarte sich ein wahres Durcheinander von Papieren. Aber kein einziger Comic. Schon eine Kleinigkeit genügt, um die Möglichkeiten der kindlichen Phantasie anzukurbeln. Hier aber gab es einfach nichts, was sein Interesse weckte. Das pornographische Heft ganz unten im Stapel entdeckte er natürlich nicht. Dafür aber einige Münzen, die achtlos auf einem Stapel Papiere lagen. Ohne nachzudenken, griff er zu und verschloss anschließend die Klappe des Schreibtisches. Seine Vorsicht war von der Ungeduld überwältigt worden, den erbeuteten Betrag so bald wie möglich zu zählen. Er spurtete in sein Zimmer. Die Schwester saß im Bett und starrte mit großen Augen auf seine Erscheinung. Als sei er ein Geist und nicht ihr Bruder. Auf dem Bett angekommen, öffnete er seine linke Hand und sah drei silberne und mehrere kleine Münzen. Das waren insgesamt drei Mark fünfzig. Sofort rechnete er sie in Plastik Cowboy Figuren um. Es reichte für eine stolze Ausstattung. Aber nicht heute. Sonntags hatte der Spielwarenladen geschlossen. Endlich würde er seinen Helden, den Cowboy mit dem gerade gezogenen Colt, zu seiner Truppe zählen können. Kaum konnte er es abwarten. Was für ein Fest. Am liebsten wäre er zu Günter hinüber gelaufen, um ihm die Neuigkeiten zu berichten. Es fiel ihm gerade noch ein, dass er dann die plötzlich sprudelnde Geldquelle erklären musste. Davon wollte er doch lieber absehen. Ach, war das eine herrliche Vorfreude, wenn auch durch ein Mitteilungsverbot geschmälert. Listig schaute er auf seine Schwester. Ob sie vielleicht ... Aber ach, was glaubte er eigentlich! Die würde sich nicht nur nicht freuen. Viel schlimmer: Sie würde schweigen. Dadurch wäre er der geteilten Freude verlustig gegangen. Also ließ er es lieber. Sein kindliches Herz schlug tüchtig, als er seine rechte Faust um sein Vermögen schloss.

Verwunderlich, dass er keinen einzigen Gedanken an die möglichen Folgen seiner Tat vergeudete. Dies war aufgrund der Umstände nur mit absoluter, kindlicher Naivität zu erklären. Der Sonntag konnte nicht schnell genug vergehen. Auf dem Weg zur Schule klebte seine Nase an der Scheibe des Spielzeugladens.

"Noch heute gehörst du mir", murmelte er an der Scheibe klebend.

"Wie schön! Ich wollte schon immer deiner Truppe angehören. Komm herein und hol mich! Wir werden eine Menge Spaß miteinander haben", antwortete die Plastikfigur.

"Geht nicht. Der Laden ist noch geschlossen. Gleich nach der Schule komme ich vorbei. Das verspreche ich."

Die wenigen Stunden konnte er kaum ruhig auf seinem Hintern sitzen. Er zappelte so sehr auf seinem Sitz herum, warf sein Mäppchen versehentlich vom Tisch und scharrte mit den Füßen.

"Was ist los mit dir?", wollte Frau Klemm wissen.

"Nichts. Ich hab es nur eilig."

"Alle haben es eilig, aus der Schule fortzukommen. Du aber scheinst es heute ganz besonders eilig zu haben. Gibt es etwas Besonderes?"

Es fehlte gar nicht viel und der Junge hätte drauflos geschnattert. Noch gerade rechtzeitig wurde ihm klar, dass weder Frau Klemm noch irgendwer sonst seine Vorfreude hätte teilen können. Er fürchtete, dass außer ihm niemand mehr aus seiner Klasse mit Plastikfiguren spielte und schämte sich dessen ein wenig. Die Szene am Schreibtisch hätte ebenfalls verheimlicht werden müssen. Also blieb er die Antwort schuldig und versuchte sich den Rest der Zeit ruhig zu verhalten. Das gelang so leidlich. Frau Klemm musste sich ein Lächeln verdrücken. Dieser Kerl war manchmal zum Quietschen vergnüglich.

Das Ende der Wartezeit wurde durch das herkömmliche Klingeln eingeläutet. Ranzen gepackt und weg war er. Der Spurt von der Schule zum Spiel-Warenladen Krämer wurde in Rekordzeit zurückgelegt. Welche Enttäuschung: Der Laden war geschlossen! Es war Mittagspause. Wie nur waren die zwei übrigen Stunden umzubringen? Unmöglich, vor der geschlossenen Tür zu warten. Zwei Stunden waren eine Ewigkeit. Er schaute sich um. Auf der gegenüberliegenden Seite war der Kiosk. Dort konnte er Comics kaufen und so die Zeit verkürzen. Allerdings musste er dann Einbußen bei der Zahl der Figuren hinnehmen. Es blieb auch die Möglichkeit, nach Hause zu gehen. Irgendetwas signalisierte in ihm, dass dies aber die letzte aller Möglichkeiten sein sollte. Zumal der Weg dann in kurzer Zeit zweimal hintereinander bewältigt werden musste. Dafür war er zu bequem. Zudem wusste er nicht, was ihn *zu Hause* erwartete. Da wollte er kein Risiko eingehen. Wie er seine aktuelle Abwesenheit erklären sollte, war eine Sache, die ihn in diesen Minuten nicht beeinträchtigte. Das Problem stellte sich ja noch nicht. Doch einfach so vor der verschlossenen Tür warten, war unmöglich. Die mächtigen Zeiger der die Kreuzung krönenden Uhr, gleich hinter dem Kiosk in die Höhe strebend, waren immer noch kein Stück vorangekommen. Das verhalf zu einer Entscheidung. Entschlossen überquerte er zwei Straßen auf dem dafür vorgesehenen Streifen, um auf dem restlichen Weg zu seinen Cowboys nur ja kein Risiko einzugehen, doch noch irgendwie aufgehalten zu werden. Angekommen begutachtete er mehr als ausgiebig die Auslagen des Kiosks. Ausgedehnt, wie es nur Kinder fertig bringen. Die pummelige Frau hinter dem Tresen beobachtete ihn voller Ungeduld. An zahlreiche Kinderkundschaft gewöhnt, schaffte sie es doch nicht, immer die nötige Geduld aufzubringen. Was nur glaubten sie zu finden, wenn sie so lange auf ein und dieselbe Stelle starrten?

"Was soll es denn werden, Junge?"
"Ein Heft. Ich weiß aber noch nicht, welches."
"Wenn du dann fertig bist, rufst du mich." Damit trat sie ab in den Hintergrund, wahrscheinlich um sich eine Tasse Muckefuck zu Gemüte zu führen. Es war also erlaubt, länger und ungestört zu begutachten. Es sollte kein Heft von Micky Maus sein. Auch Donald Duck oder Onkel Dagobert kam nicht in Frage. Ganz rechts in der Auslage schillerten unbekannte Figuren. Gaston sprach ihn nicht an. Ein Heft mit Asterix der Gallier überschrieben war ihm schlicht zu teuer. Er war ja gewillt, sein Geld besser anzulegen, dachte er. Die Spinne? Supermann? Nein. Aber da war es, dass verlockende Gesicht: Batman. Den kannte er nicht. Das dunkle Kostüm, vor allem diese Ohren, verursachten einen kleinen Schauer der Erwartung.
"Hallo! Ich hab mein Heft."
Die Frau kam langsam heran geschlurft.
"Welches?"
"Das hier ganz rechts."
"Muss es *das* sein? Da komm ich nicht ran, ohne die ganze Auslage auszuräumen."
"Ja. Das möchte ich."
"Hier habe ich eine ältere Ausgabe. Die kann ich dir sogar für zwei Groschen billiger überlassen. Würde also sechzig Pfennig kosten."
Einen Moment überlegte der Junge. Das konnte ein mehr an Figuren bedeuten. Und worin sollten sich die Hefte schon wesentlich unterscheiden? Beide Ausgaben kannte er nicht. Also nickte er, legte ein Mark auf den Tisch, griff sich das Heft und Wechselgeld und wollte sofort losziehen.
"Möchtest du keine Süßigkeiten?"
"Oh doch. Aber ich habe kein Geld mehr übrig."

"Aber ich habe dir doch gerade auf eine Mark herausgegeben."

"Der Rest wird gebraucht."

Lieber nicht lange überlegen. Sonst würde am Ende noch wegen allzu vergänglicher Süßwaren die Zahl der Figuren dezimiert. Das durfte nicht geschehen. Die Figuren kamen vor dem Zucker, waren eindeutig der länger währende Genuss.

"Na dann ..." Die pummelige Dame verschwand erneut im Hintergrund ihres Kiosks.

Der Junge suchte sich ein Plätzchen, um sich nieder zu lassen. Er fand einen einladenden Begrenzungsstein bei den nah gelegenen Parknischen. Seinen Ranzen setzte er griffbereit neben sich. Dann schaute er lange auf das Titelblatt und blätterte erstmals um. Ausgewachsene suchen angestrengt nach Momenten wie diesem: Von jetzt auf gleich versank die Welt. Bemerkenswerterweise reichten einige wenige, dazu noch minderwertig bedruckte Seiten, um einen Jungen derart in einen Bann zu ziehen, dass alles, wirklich alles um ihn herum in Vergessenheit versank. So preiswert würde man niemals wieder dieser Welt entfliehen. Auch sicher nicht mit Hochglanzformaten.

Die Comicfigur führte einen Kampf, den der Junge nicht begriff. Eine rätselhaft-lockend-bedrückende Stimmung schimmerte durch die Seiten. Und da war ja noch dieser junge Partner, mit dem umgehend und vorbehaltlos eine Solidarisierung möglich war. Nur sein Kostüm wirkte nicht ganz so umwerfend wie das von Batman. Er war halt nur der Gehilfe und konnte noch nicht so gut aussehen. Das war schon klar. Und das Auto! Was für ein Gefährt! Nur der geschminkte Bösewicht passte nicht in das emotional gefärbte Bild des Jungen. Machte aber nichts. Denn der würde am

Ende doch besiegt, eingesperrt, vielleicht sogar vernichtet werden. Die Seiten flogen vorüber. Die Aussperrung der Realität klappte vollständig. Dann brach das Abenteuer unvermittelt ab und der Bösewicht war keineswegs besiegt. Im Gegenteil. Er zog lachend von dannen. Irritiert blätterte er zurück und begann die Geschichte von neuem, als würde durch die zweite Durchsicht ein anderes Ende erzwungen. Und wirklich fühlte er so. Aber das Ende steht immer fest. Davon wusste er noch nichts. Doch diese Erfahrung war nicht mehr fern.

Atemlos endete auch die zweite Lesereise. Was für eine Figur! Was für eine Spannung! Obwohl es dieses Wort nicht ganz traf. Eine Zeitlang suchte er nach einer treffenderen Beschreibung, nur um das Erlebte einordnen zu können. Aber *Atmosphäre* war ihm in diesem Zusammenhang unbekannt. Was machte das schon aus! Auch ohne das treffende Wort wusste er, was er fühlte. Noch schwindelig von den Ereignissen griff er seinen Ranzen, stopfte das Heft achtlos hinein, atmete tief durch, fast wie ein Schluchzen. Alles zusammen machte ihn empfänglicher für das folgende Ereignis: Eine Hand legte sich schwer auf seine Schulter und er zuckte zusammen, als wäre er bei einer schlimmen Tat erwischt worden.
"Was machst du hier denn die ganze Zeit, Junge?"
Einen Augenblick lang wollte er sich weder umdrehen noch schauen, wer oder was ihn angesprochen hatte. Eine Figur aus dem Comicheft konnte ihn unmöglich so schnell gefunden haben.
"Keine Angst, Junge. Ich will dir nichts Böses! Mir ist nur aufgefallen, dass du schon sehr lange hier sitzt. Kannst du vielleicht aus irgendwelchen Gründen nicht nach Hause gehen?"

Das nahm dem Schrecken etwas an Macht. Und langsam den Kopf drehend erkannte er einen Polizisten. Doch nicht weil ... Er erstarrte.

"Was ist denn los, Junge? Ich bin kein böser Geist. Du kannst mir ruhig erzählen, wenn etwas nicht stimmt. Lauern dir vielleicht ein paar Jungs auf dem Heimweg auf? Hast du dich deshalb hier niedergelassen und wartest ab, bis sie sich verdrücken? Oder wartet zu Hause niemand auf dich?"

Endlich war es möglich, eine der Fragen zu beantworten: "Meine Mutter wartet. Und da ist auch niemand, der mich verprügeln will. Ich habe nur dieses Heft hier gelesen."

Er kramte nach dem Comic in seinem Ranzen.

"Und offensichtlich die Zeit vergessen. Na, dann aber ab nach Hause. Deine Mutter wird schon mit dem Essen auf dich warten."

"Jawohl."

"Wenn aber etwas wäre, würdest du es mir doch sagen?", ließ der Wachmann nicht locker.

"Jawohl."

Über das zweite ‚Jawohl' lächelte der Beamte lächeln. Offensichtlich war seine Autorität zu viel für diesen Knirps. Gleich, was diesen Jungen erwartete, er würde es *ihm* nicht mitteilen.

"Na dann. Noch viel Spaß mit deinem Heft. Und ab nach Hause!"

Ohne eine weitere Bemerkung schoss der Junge los.

"Langsam! Schau erst nach rechts und links, wenn du die Straße überquerst!", rief der Beamte ihm mit kräftiger Stimme nach. Abrupt wurde der Lauf am Fußgängerüberweg gestoppt und pro forma der Kopf gewendet.

"Hallo, Frau Sinzig. Wisst ihr vielleicht, was mit diesem Jungen los ist? Irgendwie erscheint er mir verängstigt."
"Aber wo, Herr Kommissar. Der ist nur ein kleiner Bub und noch völlig verspielt. Über den braucht ihr euch keine Gedanken machen."
"Ich bin kein Kommissar. Gebt mir eine Packung Reval ohne."
Jetzt fehlte nur noch, dass die gute Frau ebenfalls mit "Jawohl" antworten würde. Der Polizist wunderte sich immer wieder über die ihm unaufgefordert entgegen gebrachte Autoritätsfunktion. Ihm sollte es recht sein, solange die ihn nicht an der Erfüllung seiner Pflichten hinderte. Und seine Pflicht war es, darauf zu achten, dass niemandem etwas Unrechtes widerfuhr. Sein Tätigkeitsfeld steckte er sehr weit ab. Jedenfalls in diesen ersten Berufsjahren.

Der Junge hatte sich noch nicht richtig von diesem Schrecken erholt. Die Bäckerei auf der anderen Seite bot ihm Plunderhörnchen. Er erinnerte sich an das mit grosser Spannung erwartete Ende der Mittagsruhe bei Krämers. Die Plunderhörnchen konnten ihm gestohlen (bei diesem Wort durchfuhr ihn leichte Scham) bleiben. Ein Blick auf die Uhr: Es war noch eine Viertelstunde, bis zur Öffnung der Himmelspforte. Die zweite Straße überquerte er schon sehr viel aufmerksamer, um nach wenigen Metern vor dem Fenster mit der begehrten Auslage stehen zu bleiben. Er rechnete seine Möglichkeiten mehrfach durch. Dabei wechselten die Kombinationen immer wieder. Ein Reiter war mit fünfundachtzig Pfennig recht teuer. Ein Pferd zu haben wäre aber aufregend. Sein Blick ging weiter nach rechts. Dort entdeckte er eine Schar Ritter. Die hatte er bislang noch gar nicht beachtet.

Aber passten die denn zu Cowboy und Indianer? Er war sich nicht sicher. Doch lieber beim ursprünglichen Plan bleiben. Also die Figur mit dem Colt war unverzichtbar. Sie kostete fünfundvierzig Pfennig. Dann waren da noch Indianer für dreißig Pfennig. Weshalb sie billiger waren? Wahrscheinlich, weil sie nur über Pfeil und Bogen verfügten. Aber die gehörten doch zum Spiel. Folgende Rechnung überschlug er nach der Durchsicht einiger Alternativen:

Vorhandenes Vermögen 3,50 minus:
Comic: 0,60
2,90
Coltmann: 0,45
2,45
Reiter: 0,85
1,60
Indianer: 2 x 0,30
1,00
Cowboys in einfacher Ausführung: 1 x 0,40 + 2 x 0,30 = 6 Figuren + einem Reiter

Das war des Spielens wert! Die Pforte öffnete sich. Er stürmte hinein, ratterte die Liste ab, dass der Verkäufer nicht mitkam und sich mit einem Lächeln auf dem Gesicht den Wunsch wiederholen ließ. Dann standen sie stolz, ja majestätisch auf der Verkaufstheke. Dem Jungen lief das Wasser im Munde zusammen. Als er seine Hand nach ihnen ausstreckte, sprach der Verkäufer: "Halt! Ich verpacke sie für dich. Dann kannst du alle gemeinsam tragen. Das wird den Figuren bestimmt gefallen. Nicht wahr?"
"Oh ja", hauchte er als Antwort.
Die restlichen Münzen legte er auf das dafür vorgesehene Tablett und zischte ab durch die Tür.

Verkäufer in einem Spielwarengeschäft zu sein, hatte manchmal seine vergnüglichen Seiten.

Die Bewältigung der Strecke bis nach Hause hätte seinen Sportlehrer erfreut. Es kam halt immer auf die Motivation an.

Angekommen schüttete er die Figuren aus der Verpackung, holte aus einem Karton seine restlichen und stellte sie einander vor. Gleich wurden Allianzen geschmiedet, Fronten aufgebaut, Freundschaften geschlossen, Feindschaften geschürt. Das konnte ja was werden! Die Freude hatte keine Grenzen.
"Komm sofort herunter."
Vom Himmel schnurstracks in die Hölle. Er blieb sitzen, um wenigstens einige Minuten zu gewinnen.
"Wenn du nicht auf der Stelle hier erscheinst, werde ich dich holen kommen. Und ich versprech dir ..."
Damit war die gewonnene Zeitspanne erschöpft und er verließ sein Spielzimmer.
"Hast *du* das Geld gestohlen?"
Schweigen.
"Antworte mir! Hast du das Geld genommen?"
Schweigen. Dann knallte die erste Ohrfeige. Es folgten Tritte und Schubser. Er purzelte die Treppe hinab und traf auf dem Steißbein auf. Die Frau hechtete hinterher, zerrte, rüttelte und schlug ihn, wie sie den Ehemann für gewöhnlich schlug. Kein Jota weniger.
"Du Dieb! Du Lügner! Du Betrüger! Was hast du mit dem Geld gemacht?"
Schweigen. Schläge.
"Was hast du mit dem Geld gemacht! Sag es auf der Stelle!"
"Spielfiguren geholt."

"Hol sie!"

Langsam stieg er mit schmerzenden Gliedern die Stufen hinauf zu dem auf ihn wartenden Haufen, der ihn betroffen empfing. In stummer Zwiesprache befragte er seine Kameraden, wer freiwillig bereit war, sich zu opfern. Jeder antwortete ihm. Natürlich auch sein mutiger Coltmann. Doch den wollte er um keinen Preis hergeben. Auch den Reiter nicht. Er nahm einen unwichtigen Lassowerfer, der sich über diese Entscheidung nicht freute, genauso wenig wie der Indianer und noch zwei weitere, ältere Figuren, die eigentlich auf seine Treue gerechnet hatten. Wie viele süße Spielstunden hatten sie ihm bereitet. Und nun sollten sie geopfert werden. Nein, das war nicht korrekt, weil es ja für und im Namen der Neuen geschah. Unbarmherzig, weil berechnend, griff er die auserwählte Schar, ging hinab, empfing weitere Schläge und Tritte und bekam alle Figuren abgenommen. Dass es durchweg ältere Figuren waren, fiel der Frau in ihrer Erregung gar nicht auf. Er wunderte sich über diesen Tatbestand und merkte sich diese Tatsache. Sie war also doch fehlbar.

Ist in den letzten beiden Sätzen die Veränderung spürbar? Falls nicht, sei es hier ausdrücklich erwähnt: An diesem Nachmittag hatte er den einzigartigen Raum seiner Kindheit verlassen und sollte nie mehr dorthin zurückkehren.

"Was ist dir widerfahren? Wer hat dich verprügelt? War es vielleicht Jochen? Oder Rüdiger? Oder beide?" Frau Klemm war über den äußerlichen Zustand des Jungen wirklich erschrocken.
"Nein", antwortete der Junge.
"Wer war es dann?"

Was konnte, was durfte er antworten? Welchen neuen Gefahren setzte er sich damit aus? Würde ihm überhaupt glauben geschenkt?

"Junge, antworte mir! War es vielleicht dein Vater?"

Langsam schüttelte er seinen Kopf.

"Du kommst jetzt mit mir. Wir besuchen jemanden, der sich um dich kümmern wird."

"Nein!" Panik machte sich in ihm breit. "Das geht nicht. Da braucht sich niemand kümmern. Ich habe eine Strafe bekommen. Das ist es schon."

"Eine Strafe? Wofür?"

Der Kopf des Jungen wurde knallrot.

"Nun sag schon!" Beinahe hätte sie ihn an seinen Schultern gerüttelt. Gerade noch rechtzeitig bemerkte die Lehrerin, dass dies ein Fehler wäre und nur Verstocktheit auslösen würde. Tief durchatmend versuchte sie sich weiter in Geduld zu üben.

'Weshalb gebe ich mir solche Mühe?', fragte sie sich. Ihre innere Stimme beantwortete die Frage auf der Stelle: 'Weil du schwanger bist und es deshalb nicht ausstehen kannst, wenn junges Leben sich quält.'

"Nun gut. Was kannst du mir denn ohne Not erzählen?"

"Das alles vergeht. Auch wenn die Angst noch so groß ist."

"Hast du denn Angst?"

"Ja, schon. Aber nicht immer."

"Du versprichst mir, dich bei mir zu melden, wenn die Angst zu groß wird?"

"Versprochen!"

Drei Monate später musste Frau Klemm aufgrund von Komplikationen ihren Mutterschaftsurlaub antreten.

Der Hahn

Alle vier Kinder des Hauses spielten an diesem Samstagnachmittag in der Sonne. Die beiden Jungen hatten sich verabredet, später Daktari zu schauen. Bis dahin sollte noch einige Zeit vergehen und sie besprachen, über die achtzig Zentimeter Mauer zu steigen und den Wald zu erkunden. Vielleicht würden sie dort wilde Tiere beobachten können. Das war von den Eltern verboten worden. Deshalb weihten sie die beiden Mädchen ein, damit die ihnen ein Alibi verschafften.

"Wir sind nur mal um die Ecke gegangen und kommen bald wieder", schärfte Günter seiner Schwester Christiane ein. Sie musste die Verantwortung übernehmen, sprach doch das andere Mädchen in der Regel keine zwei Sätze. Auf sie war kein Verlass. Es kostete einige Mühen, die beiden Mädchen korrekt zu instruieren.

"Ich glaube, jetzt haben sie es kapiert. Christiane jedenfalls. Also lass uns abhauen!"

Abhauen. Welch ein abenteuerlich-verlockendes Wort! Was war damit alles verbunden! Sich aus dem Staub machen. Entfernen. Befreien.

Schulter an Schulter machten sie sich auf. Im nachbarschaftlichen Garten mussten nur wenige Meter überwunden werden. Der Junge dachte kurz an die Klapperschlangen. Dieses Mal würde er auf Trophäen verzichten oder sie zusammen mit Günter vor den Erwachsenen verbergen. Falls sie überhaupt etwas finden sollten. Kurz stand ihm die Silhouette von Frau Klemm vor seinem inneren Auge. Es war ein tröstlicher Gedanke. Er mochte sie. Trotzdem war es ausgeschlossen, ihr irgendetwas von dem zu erzählen, was er hier erlebte. Er traute sich nicht. 'Bin ich feige?', dachte er, bevor sie einen uralten Zaun am Ende des nachbarschaftlichen Gartens erreichten. Dieser war von einer großen Tanne verdeckt, deren Äste fast bis auf die Erde reichten. Die Jungen mussten sich bücken, aber nicht auf Knien rutschen. Der Halt vor dem Zaun war nur von kurzer Dauer. Beim ersten Versuch, an ihm zu reißen, öffnete sich kurz über dem Boden sogleich ein Loch. Dort konnten beide bequem durchschlüpfen. Sofort verschluckte sie die Wildnis. Es war herrlich. Zwar wussten sie, dass es keine Löwen, Schimpansen, Giraffen gab. Aber in ihrer Phantasie lebten ja noch andere Tiere, die sich hier aufhalten mochten. Sie kamen sich vor wie Forscher in unbekanntem Terrain. Und das war es für sie ja auch.

Derweil beschäftigten sich die Mädchen still und intensiv bis zu dem Moment, als der Nachbar zur Rechten aus dem Haus trat und in dem kleinen Stall verschwand. Beide Mädchen erinnerten sich nicht, diesen Mann jemals zuvor gesehen, geschweige denn gesprochen zu haben. Ein kleiner Junge trat hinzu, ohne das Wort an sie zu richten oder auch nur länger als einen kurzen Augenblick zu ihnen herüberzuschauen. Falls er Interesse an ihnen hatte, so konnte er dieses sehr gut verbergen. Der Mann kam aus dem Stall und hatte zur Überraschung der Mädchen einen Gockel am Hals gegriffen. Der Junge hielt das Hinterteil des Gockels auf einem Holzblock fest. Dann erst gab der Gockel einen ersten Ton von sich. Der Mann griff im Stall nach einem Gerät und kam mit einem Beil zurück. Die Mädchen erstarrten in der Ahnung dessen, was nun geschehen mochte. Doch bevor noch eines aufgestanden oder weggeblickt hatte, schwang das Beil auf den Holzblock und trennte den dünnen Hals ohne Aufwand mitten durch. Dem Jungen entglitt das Hinterteil, welches ohne Kopf einige Schritte neben dem Holzstall entlang lief. Alle vier schauten gebannt auf dieses Schauspiel. Dann fing der Junge den Rumpf ein, der Mann hob den Kopf auf und beide verschwanden im Haus. Fassungslos von diesem Bild gefangen blieben die Mädchen still sitzen. Allerdings setzten sie ihr Spiel nicht fort. Und am Abend teilte das wortkarge Mädchen zur Überraschung der anderen mit:

"Ich mag nicht mehr essen."

"Dann nimm gleich deinen Teller und verschwinde in den Keller."

Das Mädchen erhob sich und ging ab mit dem Geschirr in beiden Händen.

"Und du, Dieb, zeigst mir deine Hausaufgaben."

"Aber gleich beginnt Daktari", jammerte der Junge.

"Du kannst dir dein Daktari irgendwohin stecken, falls deine Hausaufgaben nicht fertig sind."

Der Junge überlegte kurz und log dreist, was die Fächer und Menge der Hausaufgaben betraf. Er verwies geschickt auf bereits fertiggestellte Aufgaben, die er vorzeigen konnte und behauptete strikt und fest, dass damit sein Soll erfüllt sei. Eigentlich wunderte er sich ein wenig darüber, mit dieser dreisten Lüge so einfach durchzukommen. Offen-sichtlich waren Umfang und Art der gewöhnlichen Hausaufgaben seinen Eltern unbekannt. Beim Vater wunderte ihn das gar nicht. Aber *sie* war ihm so unfehlbar erschienen. Dass *sie* offensichtlich nicht Bescheid wusste, eröffnete ihm neuen Spielraum. Eigentlich wäre Lebensraum der passendere Begriff. Jedenfalls konnte er ohne Einschränkung eine Episode der Serie Daktari ungestört genießen. Demnächst würde er sich seine Vorgehensweise genau zurechtlegen. Denn seit Frau Klemm nicht mehr seine Lehrerin war, hatte er alles Interesse an der Schule verloren. Verlacht hatten ihn die Klassenkameraden wegen seiner Trauer um den Verlust der Lehrerin. Mamasöhnchen, Leisetreter, Schleicher und was sie sich sonst noch so einfallen ließen, war ab sofort sein neuer Name in der Klasse. Viel schlimmer aber war die Erscheinung des neuen Klassenlehrers: Herr Resch. Ein strenger, unleidlicher und unliebsamer Erwachsener. Das hatte ihm gerade noch gefehlt! Der Verlust der sympathischen Frau Klemm versetzte ihn in tiefe Traurigkeit.

Am nächsten Samstag, die Schwester hatte sich nicht bereit gefunden, den Hof zu betreten, sie wollte auf jeden Fall mit Christiane in deren Zimmer spielen, hatten die sich vor ihm auftürmenden, unerledigten Hausaufgaben ein nicht mehr zu bewältigendes Ausmaß erreicht. Der Junge bereitete sich darauf vor, einen ähnlichen Trick wie zuletzt anzuwenden. Denn keine der wöchentlichen Sendungen wollte er versäumen. Wie erstaunt war er, heute auf keinen Widerstand zu treffen.

Die Frage: "Darf ich?" wurde mit: "Mach was du willst." beantwortet. Was war geschehen? Die Frau hatte doch tatsächlich einen Besucher empfangen. Wo und wann hatte sie ihn kennengelernt? Der Junge registrierte, dass in seiner nächsten Umgebung Dinge vorgingen, von denen er überhaupt keine Ahnung hatte. Das machte auch nichts, wenn sich nur keine neuen Probleme für ihn daraus ergaben.

Ein unbekannter Mann grüßte und verschwand mit der Frau im Schlafzimmer. Während der Junge eine weitere Fernsehfolge verschlang, schlich sich das Mädchen, wegen ihrer unsichtbar-stillen Art unbemerkt, in das Schlafzimmer und beobachtete die beiden Menschen beim Sex, ihr Stofftier fest an sich gedrückt.

Es gab Anzeichen einer sich anbahnenden Veränderung. Etwa wurde ein gesamt familiärer Besuch bei der Schwester der Mutter geplant, was auch mit dem Erwerb eines Personenkraftwagens im Zusammenhang stand. Entfernungen reduzierten sich so von lästigen in zu bewältigende Hindernisse. Natürlich konnte es nur ein Volkswagen sein. Ein anderes Fabrikat verbot die finanzielle Situation. Und wie stolz die Frau in diesen hellblauen Blechkasten stieg, musste man gesehen haben. Und dann der Nachmittag bei Tante, Onkel und deren Kinder! Selbst der Junge spürte die bemüht-fadenscheinige Nettigkeit in Stimme und Gestik. Er saß ordentlich essend auf dem Stuhl und hielt seinen Mund. Seine Schwester starrte nur und fasste das Essen wie üblich nicht an. Doch an diesem Ort veranlasste dies niemanden zu einer Bemerkung. So sehr war man damit beschäftigt, sich gegenseitig in Anekdoten zu überbieten. Dann geschah etwas bemerkenswertes: In einem von allen unbemerkten Moment griff die Schwester mit ihrer freien Hand (in der anderen war das unvermeidliche Stofftier) nach einem Stück Kuchen und stopfte es in ihren Mund und kaute, nicht ohne eine Spur der Verzückung im Gesicht. Der Junge hielt inne in der Erwartung, was nun wohl noch alles geschehen könnte. Und ganz falsch lag er mit seinem Gefühl nicht. In einem Moment auf den anderen griff sich die Mutter ihren Sohn und zerrte ihn gegen einen nur unmerklich aktiven Widerstand auf ihren Schoß, um ihm, dort angekommen, liebevoll über das Kopfhaar zu streicheln. Allerdings musste sie ihn mit einer Hand fixieren.

In diesem Moment stoben Teile seiner persönlichen Wesensart weit auseinander und verteilten sich in bislang unausgeleuchtete Ecken seines Innern. Der ihm bekannte Raum vergrößerte sich. Frisch einfallende Helligkeit durchleuchtete zahlreiche Nischen. Tiefe machte sich bemerkbar. Auch weil seine Witterung einen fremden, eisigen Hauch aus einem Abgrund weit unterhalb der Oberfläche wahrnahm. Jenes befremdliche Geherze zog sich hin bis zum Abschied. Als die Fahrertür zugeschlagen wurde, hatte der Junge noch seinen Zeigefinger im Türrahmen.
"Das ist klar! Dieser Kerl schafft es, auch diesen schönen Nachmittag zu ruinieren. Und natürlich wird der neue Bezug gleich mal so nebenher mit versaut. Ich kann ihn wirklich nicht mehr um mich haben, diesen …"
So ging es die gesamte Heimfahrt. Also war ihre Geste am Tisch keineswegs ein Versöhnungsangebot. Hatte er dergleichen vielleicht erwartet?
Derweil tropfte es aus dem Taschentuch weiter auf den Rücksitz. Der Schmerz reduzierte sich auf ein Klopfen. Gefühlsfetzen jagten durch seine kleine Kopfwelt. Kreisend, verwirrend, fordernd. Was war geschehen? Etwas war zerrissen: Das Seil, seine kleine Nussschale am Ufer festzuhalten. Nun trieb sie in der Dunkelheit hinaus auf offenes Gewässer. Sicher war das einschüchternd. Aber im Hintergrund wirkte gleichzeitig ein anderes, undefinierbares Gefühl. Es war ganz schwach und dadurch keineswegs vertrauenerweckend. In seiner Art übrigens auch

unbekannt. So winzig es auch strahlte: Seine Aufmerksamkeit kreiste nur um dieses Licht. Vergleichbar einem Reisenden, der auf der Suche nach einer Unterkunft seinen Blick auf einen Punkt am Horizont gerichtet hält, in der Erwartung, dort gute Aufnahme zu finden.

Aufbruch aus der Dämmerung

Im Nachlass dieser sonntäglichen Ausfahrt wurden seine Handlungen und Haltungen im Kreise der Familie von einer neuen Berechnung diktiert: Mit Vorbehalt durchtränkter Distanz.

Herr Resch verlangte jeden verfluchten Schultag einen Rechenschaftsbericht darüber, weshalb dieses oder jenes nicht geleistet worden war. Diese Schlinge zog sich zu.

Aber der fremde Herr schaffte Erleichterung, indem er die Mutter entspannte. Davon profitierte der Junge ungemein. Unerwartet war die Kontrolle der für gewöhnlich willkürlich festgesetzten Grenzen nicht mehr im umfänglichen Maße möglich. Mehrmals verschwand der Junge unbemerkt und machte sich im angrenzenden Wald eine schöne Zeit. Einmal war es ihm sogar gelungen, dem betrunkenen, bauarbeitenden Vermieter eine Zigarette zu entwenden. Der Hustenanfall vermieste ihm das Gefühl des Abenteuers. Und schließlich war der Geruchssinn der Frau durch den Ölgestank aufgestachelt. Die Prügel waren nicht ganz so dramatisch. Und Herrn Resch kümmerte die geschwollene Backe natürlich in keiner

Weise. So entdeckte er den Wert der Anteilnahme von Frau Klemm. So musste er sich alleine in seinem Selbstmitleid suhlen. Was er auch tat.

Auf dem nach Hause Weg traf er wieder an der Kreuzung auf den Wachtmeister, der ihn einer genauen Beobachtung unterzog.
"Hast du dich geschlagen?", wollte er wissen.
"Nein."
"Woher hast du dann dein blaues Auge?"
Er blieb die Antwort schuldig, wusste er doch nicht, ob dieses auch von einem Sturz herrühren konnte.
"Komm mal her zu mir!"
"Ich habe keine Zeit, werde zu Hause erwartet. Ich darf nicht zu spät kommen."
Und weg war er.

Wachtmeister Schleswig nahm sich vor, diesen Jungen im Auge zu behalten. Da war etwas, was seine Aufmerksamkeit auf den Plan rief. Vielleicht auch nur seine Sympathie, lief der Knabe hier herum, wie klein Yves aus dem Film Krieg der Knöpfe. Diesen Film hatte er gerade erst begeistert mit seiner Klara zusammen geschaut. Er freute sich bereits darauf, selber ein oder auch zwei Söhne aufzuziehen. Dieser Zustand sensibilisierte ihn für alle Jungen und auch Mädchen, denen er während seines Dienstweges begegnete. Hier und da konnte er sicher Gutes bewirken. Jedenfalls nahm er sich dies fest vor.
Zu Hause angekommen spürte der Junge sogleich die aufziehende Veränderung. Der Platz seiner Schwester war leer, deren Teller ebenfalls verschwunden. Also befand sie sich bereits im Keller. Kaum, dass er Platz genommen hatte, überfiel ihn das unvermittelt einsetzende Geschrei. Er verstand den Anlass nicht.

Doch war der nicht eigentlich gleichgültig? Er dachte an seinen Cowboy, den Colt, den er jederzeit ziehen konnte. Was für eine Vorstellung: Sein Gegenüber ohne Vorwarnung einfach niederstrecken. Ob das im Wilden Westen tatsächlich so gewesen war? Der Gedanke verflog, weil ihm ein Gegenstand an den Hinterkopf geschleudert worden war. Das Gezeter wuchs um etliche Dezibel. Ihm kam der Gedanke, aufzustehen und den Raum zu verlassen. Ganz einfach so. Er hörte zumindest schon nicht mehr hin, was geschrien wurde. Das war ein Fortschritt.

Schließlich betrat der Ehemann die Küche. Unversehens schoss die Furie auf diesen und griff ihn tätlich an, riss die Knöpfe von seinem Hemd, zerriss die Ärmel. Der Ehemann blieb wie versteinert stehen. So viel verstand der Junge: Der Ölofen war ganz hin. Aber da war noch etwas anderes. Er konnte es nicht definieren. Und die Situation verging wie jede andere vorher, mit Geschrei und dann irgendwann einem fremdartigen Gestöhne. Den Jungen interessierte es nicht. Er wartete ausschließlich auf den rechten Moment, sich unbemerkt davon machen zu können.

Es näherte sich die nächste Fernsehfolge. Es musste Vorsorge getroffen werden. Die bisherige Unterstützung in Form der Anwesenheit des fremden Herrn viel unerwartet weg. Dieser Mensch erschien nie wieder im Umfeld des Jungen und er erfuhr nie, weshalb. Der Grund interessierte ihn aber auch nicht im Geringsten. Die Tatsache selbst war weittragend genug. Lediglich der Frust der Zurückgebliebenen wuchs und damit die Gefahren für alle Familienmitglieder. Das Gesicht der Schwester war eingefallen, die Ringe unter den Augen wirkten gespenstisch. Der Junge hatte aber nicht die Spur eines Mitgefühls oder Mitleids. Und den Ehemann kümmerte es ebenso wenig. Überhaupt viel auf, wie häufig er abwesend war. Musste er vielleicht am Wochenende arbeiten?

Am nächsten Tag erreichte ein *blauer Brief* auf dem Postweg den Briefkasten, gleichzeitig mit dem Halbjahres Zeugnis. Beides ein Resultat wiederholter Bemerkungen, dann Androhungen von Seiten des Herrn Resch. Hausarbeiten, Klassenarbeiten, Beteiliggung am Unterricht - nichts funktionierte im geforderten Umfang. Alle Ermahnungen, Strafen und Androhungen verpufften. Nun existierte eine schriftliche Beurteilung neben einem Bericht. Trotzdem die Schule vorher nie Thema gewesen war, gewann sie durch diese schriftlichen Benachrichtigungen ungeheuer an Bedeutung. Die elterliche Überraschung war so groß, dass sogar eine spontane Reaktion ausblieb. Diese Wirkkraft schulischer Leistungen wollte er sich merken, konnte er doch nicht nachvollziehen, weshalb ein solcher Wind darum gemacht wurde. Die Prügel lagen nur etwas über dem Durchschnitt. Herrn Resch war es wichtig, wie er betonte, dass von elterlicher Seite auf den Knaben eingewirkt würde. Denn so konnte es ja nicht weitergehen. Er war abwesend, verträumt, nahm nicht am Unterrichte teil, vernachlässigte die Hausaufgaben und versagte in den Klassenarbeiten. Die Noten waren katastrophal. Also musste etwas geschehen. Und sollte dieses Etwas durch Prügel erreicht werden, so war ihm dies nur recht. Seine junge Kollegin Klemm war in Mutterschaftsurlaub. Sie würde ihn also nicht fortgesetzt an der Ausübung seiner Pflicht stören.

Die Folgen waren zum Teil überraschend: Neben der Prügel und strenger Aufsicht, folgte die Erteilung von Nachhilfeunterricht bei einem Studenten. Zuerst fühlte er sich mächtig eingeschüchtert. Da lebte ein junger Mann alleine in einem Zimmer nicht unweit seines eigenen Heims. Vorsichtig kam er der Einladung, dieses fremde Zimmer zu betreten, nach. Die Plakate an den Wänden zeigten unbekannt Menschen. Südamerikaner, bärtige, alte Menschen, verwüstete Gesichter und Frisuren, die offensichtlich irgend- welche besonderen Menschen darstellten. Die erste Stunde verging, ohne die Berechnung auch nur eines Dreiecks oder der Wiedergabe auch nur einer grammatikalischen Frage. Der Junge musste nicht aufgefordert werden, dieses Vorgehen zu Hause unerwähnt zu lassen. Denn dort stand die zu erbringende Leistung nach einer ersten Stunde der Unterstützung selbstverständlich sogleich zur Debatte. Was wurde geschrieben? Was wurde gelernt? Der Junge schusterte eine einiger- maßen plausible Geschichte zusammen. Der nächsten Stunde sah er mit gespannter Aufmerksamkeit entgegen. Natürlich war eine Portion purer Zufall im Spiel. Niemand vermochte vorauszusagen, ob es zwischen den beiden Menschen passen würde. Der eine benötigte Geld, der andere mathematische Grundkenntnisse. Auf dieser Basis trafen sie sich in der für beide genehmen Mitte. Als er nach den ersten Stunden über die bisher nicht vermissten mathematischen Kenntnisse verfügte und selbst- ständig sowie ohne große Probleme die Lösung der gestellten Aufgaben bewältigte, überkam ihn das wärmende Gefühl beruhigender Zuversicht in das eigene Leistungsvermögen. Herr Resch gab ihm die nächste Klassenarbeit mit dem Hinweis zurück, dass er das nächste Mal ein sehr genaues Auge auf ihn haben würde, damit er ihm sein Mogeln nachweisen könne. In der Küche angekommen, präsentierte er die befriedigende Beurteilung, was keinerlei Reaktion verursachte. Natürlich nicht, dachte er. Denn die schlechte Benotung war ja ihrerseits lange Zeit unbemerkt geblieben. Dagegen erhielt er ein bestätigendes Lächeln und aufbauende Worte seines Nachhilfehelfers. Der Student war nicht nur bereit, ihn in schulischen Dingen zu unterstützen. Er überredete ihn auch, in einen Sportverein einzutreten und nahm ihn auch dort unter seine Fittiche. Eine ganz neue, angenehme Erfahrung, sich mehr und mehr Stunden außerhalb der vier Wände aufhalten zu können. Allerdings wurde es mit jedem Mal schwerer, dorthin zurückzukehren. Und das war ja unumgänglich.

Seine Schwester wurde in seiner Grundschule eingeschult. Es gab auch keine Alternative. So viel sei zu ihrer Verteidigung geschrieben. Und wen erhielt sie als Klassenlehrerin? Richtig: Frau Klemm. Die war aus ihrem Mutterschaftsurlaub mit neuer Energie und noch tiefer sensibilisiert zurückgekehrt.
Es gab auch sehr bald Auseinandersetzungen mit Herrn Resch. Ernsthafter, nachhaltiger, folgenschwerer als ehemals. Herr Resch fühlte sich angegriffen und suchte seine durch jahrelange Praxis erworbene, sichere Stellung im Beruf offensiv zu verteidigen. Und dies, indem er vehementer als zuvor seine Schüler an die Kandare nahm, sowie diese Maßnahmen in den Konferenzen verteidigte. Der Notenschnitt der Klasse sank von einem Halbjahr zum nächsten.

Doch keine auch noch so unmissverständlich vorge-tragene Einsicht brachte Herrn Resch von seinen Methoden ab oder führte zur Selbstkontrolle. Derartige Funktionen blieben ihm völlig fremd und erschütterten lediglich sein bisheriges berufliches Gebäude. Das ließ er nicht zu. Koste es, was es wolle. Der Stress für alle Beteiligten, natürlich auch für Herrn Resch, wuchs spürbar.

Eine Pausenaufsicht nutzte Frau Klemm, um ein Gespräch mit dem Jungen zu suchen: "Wie geht es dir?"
"Gut."
"Schön. Kannst du mir vielleicht helfen?"
"Womit denn?" Die Aufmerksamkeit des Jungen war umgehend geweckt. Wie sollte er der Lehrerin Hilfe leisten können?
"Es geht um deine Schwester. Ist sie auch zu Hause so ruhig?"
"Ja. Sie spricht kaum ein Wort."
"Sie wirkt sehr schmal. Isst sie denn genug?"
"Ihr Pausenbrot bringt sie nie mit zurück."
"Das könnte sie jemand anderem gegeben haben oder einfach in den Abfall werfen."
Der Junge wusste nicht recht, um was es ging. Nur meldeten ihm seine Antennen eine unbekannte Ge-fahr. Deshalb antwortete er lieber nichts.
"Wir haben in nächster Zeit den Schularzt zu Besuch. Meinst du, deine Schwester ist krank?"
"Krank? Welche Krankheit soll sie denn haben?"
"Ich weiß nicht. Sie wirkt auf mich krank. Ist dir vielleicht etwas aufgefallen?"
"Nein. Ich kann nichts erzählen."

Frau Klemm betrachtete ihn lange und nachdenklich. Ihr Bauch signalisierte deutlich, dass etwas nicht stimmen konnte. Dem Jungen schien es ja besser zu gehen. Dafür aber machte seine Schwester einen recht bedenklichen Eindruck. Nur, wie sollte sie in Erfahrung bringen, was diesen Eindruck verursachte? Und falls sie sich irrte? Wie würde sie dastehen! Herr Resch würde ein solches Scheitern zum Anlass nehmen, sie innerhalb des Kollegiums in die Enge zu treiben. Das wusste sie. Deshalb war Vorsicht geboten. Aber lange würde sie sich das nicht mit ansehen. Sie war ja nicht dumm, die Frau Klemm. Ganz und gar nicht.

Der Junge nutzte wirklich jede Gelegenheit, um seine Zeit außerhalb zu verbringen. Sport. Ein neuer Freund. Nachhilfe. Aber irgendwann war es jeden Tag soweit: Er musste *nach Hause* gehen. Es begann damit, dass er diese Bezeichnung aus für ihn unerfindlichen Gründen nicht mehr mochte. Doch war und blieb es ihm verboten, eine Nacht an einem anderen Ort zu verbringen. Die ersten Momente der Heimkehr wurden aggressiver. Manchmal hob er seine Hände zum Schutz gegen die Schläge und Tritte. Diese Gesten verursachten ein nur noch stärkeres Trommelfeuer. Wieder und wieder schaute ihm der Wachmann bedenklich nach, wenn er seine Blessuren zu verstecken suchte. Einmal ertappte der Junge ihn dabei, wie er ihn bis nach Hause begleitete. Erst, nachdem er im Hof verschwunden war, machte sich der Polizist auf, seine eigentliche Runde zu beenden. Der Junge war erschrocken. Stand er vielleicht unter Beobachtung? War es seinen Eltern möglich, bei der Polizei seine Überwachung zu veranlassen? Er musste lernen, sich in Acht zu nehmen.

Das erste Opfer seines neuentdeckten Misstrauens war sein Freund Günter. Der war ein Pechvogel, gequält, geschunden und missachtet. Sie erlebten jeden verfluchten Tag des Anderen und waren doch unfähig, sich darüber auszutauschen. Im Gegenteil waren die elterlichen Prügel niemals Thema zwischen den beiden Jungen. Einer war für den anderen keine Stütze, sondern nur stiller Beobachter. Also unerwünschter Zeuge von Ereignissen, die sie unangenehm, peinlich, sogar leidvoll erlebten. Hatten die Schläge äußerlich erkennbare Spuren hinterlassen, schauten sie bewusst daran vorbei. Blaue Flecken am Gesäß wurden verleugnet. Sie waren keine Leidensgenossen. Nein, sie waren für den jeweils anderen ein offensichtliches Mahnmal. Unfähig, darüber zu sprechen, senkte sich das Tuch der Schweigsamkeit über sie. Das ausbleibende gegenseitige Verständnis trieb sie mehr und mehr auseinander. Eine verbindende Brücke nach der anderen zerriss durch den sich vergrößernden Abstand. Bis sie Scham voreinander empfanden und keine Verabredung für den nächsten Tag mehr trafen. Stück für Stück zogen sie ihr persönliches Spielzeug vom Spielfeld zurück, brachten es möglichst unbemerkt in ihr eigenes Zimmer und schlossen die Türen hinter sich. Bis zu dem Tag, an dem die endgültige Trennung ohne Worte vollzogen worden war.

An diesem Nachmittag ging der Junge traurig in den Nachhilfeunterricht.

"Was ist denn passiert?", wollte der Student von ihm wissen.
"Eigentlich nichts. Es ist nur so, als ob mein Freund nicht mehr mit mir spielen möchte."
"Möchtest du denn weiter mit ihm spielen?"
Der Junge überlegte, bevor er eine Antwort gab: "Wenn ich ehrlich bin: Eigentlich nicht."
"Na, dann ist es doch nicht so schlimm", versuchte der Student zu schlichten. Ihm war die Bedeutung und das Gefühl, seinen ersten Freund zu verlieren, ohne zu wissen, weshalb dies geschah, in Vergessenheit geraten. Kein Wunder, lag es doch lange zurück und war von der kommenden Lebensflut einfach überspült worden. Und das ist auch gut so.

Trotzdem hatte der Student eine Lösung vorzuschlagen: "Ich habe dich während der Sportstunde oft mit Gerd gesehen. Willst du ihn mal fragen, ob er vielleicht mit dir spielen möchte?"
"Kann ich machen."
Die allererste Freundschaftsbrücke war damit eingerissen, noch bevor neue gebaut werden konnten.
Die wachsende Beziehung zu Gerd brachte weitere Vorteile für ihn: Gerd wohnte weiter weg von seiner Behausung. Und so ergab sich die Möglichkeit, viel mehr Stunden außerhalb zu verbringen. Angenehme, stille, verändernde, aufbrechende Stunden. Denn kein einziges Mal lud er ihn zu sich nach Hause ein. Immer trafen sie sich in Gerd's Wohnung. Dies schien niemandem aufzufallen oder irgendeine tiefere Bedeutung zu haben. Und Gerd war es recht. Der wollte sowieso lieber im eigenen Zimmer oder Hof spielen. Nur zum Sport verließen sie diese beiden Orte.

Allerdings schien auch beim Gerd nicht alles so, wie es sein sollte. Da war kein Vater. Jedenfalls bekam der Junge nie einen zu Gesicht. Nur die Mutter von Gerd begrüßte ihn, falls sie die Zeit bis zum frühen Abend gemeinsam verbrachten. Sie war freundlich, aber wortkarg.

Erste Schritte

"Ihr beide werdet gemeinsam in Urlaub fliegen!", informierte die Ehefrau die versammelte Familie.
Dem Jungen war nicht ganz klar, ob er damit angesprochen war. Der Ehemann löffelte völlig unberührt weiter seine Suppe.
"Zehn Tage werdet ihr unterwegs sein. Ich hoffe, dass ihr dieses Entgegenkommen zu schätzen wisst."
"Wann und wohin werden wir denn reisen?", wollte der Junge wissen.
"Erklär du es ihm", antwortete die Frau. Es kamen, wie immer, keine Worte aus dem Mund des Ehemanns. Erstmals dachte der Junge, dass seine Schwester wohl früh gelernt haben musste, diesem Beispiel zu folgen. Er schaute sie an und glaubte, ein Erschrecken im Blick zu erkennen. Und wirklich sprach sie ihn kurz vor dem Schlaf an: "Geh nicht weg!"
"Ich geh doch nicht weg. Ich soll nur in Urlaub fahren. Ich weiß auch nicht, weshalb. Aber dagegen kann ich doch nichts machen. Das weißt du. Und zehn Tage gehen schnell vorbei. Du wirst sehen." Er fühlte sich nicht wohl mit dem, was er seiner Schwester anbot.
"Geh' nicht!"

Er ging. Natürlich. Wie aufregend, in eine Propeller-maschine zu steigen. Und welch ein Gefühl, dies alleine zu tun. Denn *der Andere* galt als nicht anwesend. Das Herz schlug ihm. Die Erwartung war herrlich. Der Flug äußerst kurz. Schon stiegen sie aus, wurden in eine Touristenanlage verfrachtet und in einen Essensraum gesetzt. Er wusste nicht, weshalb. Aber sogleich konzentrierte sich die Aufmerksamkeit einiger anderen Touristen auf ihn. Er wurde angesprochen, ausgefragt, eingeladen. Er wusste gar nicht, wie ihm wurde. Er hatte keinerlei Einschrän-kungen zu erwarten und so nahm er alle Einladungen an. Ein großer Junge spielte mit ihm am Pool. Ein Mädchen sprach mit ihm, das sein Herz aufsprang. Er fand sie entzückend. Und als er einmal wegen all der überwältigend neuen Eindrücke einen gefühlt schlechten Abend verbrachte, tröstete sie ihn. Das war derart köstlich, dass er gerne am nächsten Tag wieder schlechte Stimmung vorgespielt hätte. Es war ihm einfach nicht möglich. Dafür stimmte ihn die gebotene Aufmerksamkeit zu wohlig. Die anderen Familien kümmerten sich um ihn, fragten nach seinen Wünschen, fragten nach seinen Interessen, fragten ihn nach seinem Befinden. Seine Antworten waren ungehobelt, was die fremden Menschen nicht davon abhielt, ihn weiter mit ihrer Freundlichkeit zu beglücken. Zehn Tage vergingen wie im Fluge. Unser Gefühl spielt uns immer dann diesen vermeintlichen Streich, wenn es keinen Grund gibt, sich mit der Zeit zu beschäftigen, weil sie angenehm oder besser unbemerkt dahinfließt.

Zurückgekehrt im regnerisch bedrückten Alltag empfand er die Konfrontation mit dem Gegensatz umso krasser. Der Schularzt hatte nach der

Untersuchung seiner Schwester seine schriftliche Diagnose in beunruhigenden Worten formuliert. Die Ehefrau informierte den Ehemann, der wie immer unbeteiligt diese Information entgegennahm.
"Wir dürfen sie nicht länger in den Keller schicken."
"Wir?", war eine Antwort, zu der sich der Ehemann doch tatsächlich hinreißen ließ.
"Ja, wir. Denn du unternimmst ja nichts, deine Tochter zu erziehen. Alles überlässt du mir. Du, in deiner Bequemlichkeit. An mir bleibt alles hängen. Ich muss immer nur ..."
Ja, was musste sie eigentlich immer nur? Alle erwarteten gespannt, was nun kommen mochte. Doch der Satz blieb unvollendet.
"Ich bin mit meiner Kraft am Ende. Das könnt ihr mir glauben. Und wenn ihr weiterhin alle auf meinen Nerven herumtrampelt, werdet ihr sehen, wo das endet!"
Alle aßen weiter. Alle? Ja, wirklich alle.

Der Junge erinnerte sich lange und intensiv an diesen Urlaub, an die Menschen, die er kennengelernt hatte, an die Umgangsformen. An die genossene Freiheit. Genau diesen Zustand wollte er wieder und wieder erleben. Doch wusste er natürlich nicht, wie dies zu verwirklichen war, wen er befragen durfte. Als er in Gedanken versunken über den Schulhof schaute, erkannte er Frau Klemm, die gerade die Pausenaufsicht führte. Seine Beine bewegten sich wie von selbst. Und sein Mund öffnete sich ohne sein Zutun:
"Frau Klemm? Wie lange muss man immer wieder nach Hause zurückgehen?"
"Wie meinst du das?"
"Wie lange dauert es, bis etwas anderes kommt? Oder muss man für immer dorthin zurückkehren?"

"Du willst nicht mehr nach Hause zurück?"
Sie schwieg. Da war er, der Schlüssel zu diesem Geschwisterpaar. Jetzt musste sie behutsam vorgehen.
"Ja, mein Kleiner. Heute und morgen musst du nach Hause gehen." Und als sie sein Gesicht sah, fügte sie rasch hinzu: "Aber dort wirst du nicht für immer bleiben. Schau, viele Menschen leben in einer anderen Wohnung, weit weg von ihren Eltern. Nur musst du dafür älter werden."
"Wie alt muss ich denn werden? Wie lange muss ich noch warten?"
"Das weiß ich nicht genau zu sagen. Allerdings kann man vielleicht auch etwas tun, damit dir die Zeit nicht zu lange wird. Da müssen wir mal überlegen. Vielleicht auch gemeinsam. Wir beide. Was hältst du davon?"
"Ich weiß nicht so recht." Ihm fiel gerade noch rechtzeitig die kritische Distanz zu allen ein, die notwendigerweise und unvermeidbar geworden war. Wie sonst sollte er steuern, was noch alles auf ihn zurollte?

Weitere Urlaubstage gab es nicht mehr. So sehr er auch bettelte. Dabei ging es ständig um das fehlende Geld. Die Folge war ein heftiger Streit zwischen den Eheleuten, von einer Seite wortreich, von der anderen Seite wortarm geführt. Die Worte fanden eine Fortsetzung in körperlicher Auseinandersetzung. Und die Frau gewann, wenn er das korrekt empfand.

Nachdem das Gekeile abgeklungen war, wagte der Junge einen neuen Vorstoß: "Und wenn ich fur einige Tage zur Tante fahre?"

"Kommt nicht in Frage. Wer weiß, was du denen alles erzählst."
"Ich werde nichts sagen. Bestimmt nicht." Er wollte noch hinzufügen: 'Habe ich bis jetzt ja auch nicht getan', spürte aber, dass dies ein Fehler sein konnte.
"Das ist gelogen. Und jede Lüge wird dich weiter und weiter von dem entfernen, was du dir wünschst."
"Nein: Ich schwöre. Ich schwöre, kein Wort zu sagen. Worüber sollte ich auch erzählen?! Da ist doch nichts."
"Du kleines, raffiniertes Biest. Hältst mich wohl für völlig verblödet. Natürlich erzählst du herum, wie schlecht es dir geht, was du hier alles erleiden musst. Willst damit Mitleid erregen. Aber jeder spürt: Du bist nur ein Jammerlappen. Genau wie dein Vater."
Die Überraschung lies kein weiteres Wort zu. Hatte er wirklich einmal ein Wort verloren? Er überlegte: Weder gegenüber seinem neuen Freund Gerd noch seiner Tante gegenüber.
"Mit wem sollte ich denn reden? Da ist doch niemand, den es interessiert." Diese Entdeckung verbesserte seine Stimmung keineswegs.
"Deine Tante ist eine hinterhältige Schlange. Die wird dich über mich aushorchen wollen. Das ist so ihre Art."
"Und wenn ich fest verspreche, keine Fragen zu beantworten? Ich kann das. Wirklich!"
Er würde alles tun, um noch einmal, wenn auch nur für kurze Zeit, diesem Irrenhaus zu entkommen. Alles. Lügen, betrügen, stehlen und noch einiges mehr, von dem er nicht wissen konnte, ob es ihm nutzte.
"Kein Wort mehr darüber! Es ist immer dasselbe. Erst kritisiert ihr mich und was ich tu, um dann aber bittend und bettelnd vor mir da zu stehen, mit Sachen, die ihr euch so sehr wünscht. Fällt das eigentlich niemandem

auf? Nein, natürlich nicht! Denn ich stehe hier allein mit dieser schweren Aufgabe. Es kümmert niemanden, wie mein Tag aussieht, mit welchen Beschwernissen ich zu kämpfen habe. Weder meine Kinder noch meinen *Ehemann*."
Das traf zu. Jedes Familienmitglied hatte entdeckt, dass es ohne die anderen besser dran war. Was sollten allerdings Kinder mit dieser Erfahrung anfangen? Es existierten unüberwindliche Einschränkungen, die einer Veränderung im Wege standen.
Der Junge hoffte, dass sich bald irgendein Ersatz für den schon seit langer Zeit verschwundenen, fremden Herrn einstellen würde. In diesem Fall bestand die Aussicht, dass sich ihre schlechte Laune und Stimmung auffrischte. Auf jeden Fall brachte eine solche Entwicklung Freiheiten. Etwa, über die eigene Zeit uneingeschränkt zu verfügen. Ohne den Zwang und Druck ihrer Anwesenheit.

Und wenn er auch noch so lange suchte: Er fand kein Schlupfloch. Aus diesem Grund wählte er die nervende Wiederholung seines Wunsches als neue Masche. Gefährlich, denn falls jenes durch eingebildete Leiden hochgezüchtete und deshalb anfällige Nervensystem der Frau überstrapaziert wurde, setzte es Hiebe. Er lernte, wie Unterwürfigkeit weiterhalf und nahm die inneren Verletzungen dieser Strategie in Kauf. Verblüfft registrierte der Junge, dass Ziele eine Veränderung in seinem Verhalten verursachten. Zum Beispiel unterwarf er sein nach außen gerichtetes Verhalten einem inneren Kontrollmechanismus. Die Möglichkeiten von Disziplin und Ausdauer wurden ihm vertraut. Mit einem Blick auf die Schwester fragte er sich, ob sie vielleicht von Beginn an ihrer eigenen Strategie gefolgt war. Fragen konnte er sie nicht. Es fehlten ihm die rechten Worte. Zudem würde er niemals eine Antwort erhalten.

Mit Erreichen der Herbstferien konnte er Erfolg vermelden. Es war ihm erlaubt worden! Er packte sein Köfferchen und entwand sich dieser verfluchten Etage. Seine Schwester stand schweigend Spalier. Er ging ohne Anteilnahme, wenn auch zeitlich begrenzt, an ihr vorüber in die Freiheit. Sie blieb alleine zurück. Die Tante hatte ebenfalls Kinder. Sie waren alle älter. Sein Cousin hatte sogar eine Freundin. Und was für eine! Dem Jungen blieb der Mund offen stehen, so attraktiv und verführerisch erschien sie ihm. Und die Freundin hatte ihren Spaß daran, diesem Kleinen mit ihrem gesamten Repertoire den Kopf zu verdrehen. Sie geizte nicht mit ihren körperlichen Reizen. Dem Jungen schwirrte es in den Ohren und zwischen den Beinen.

Und mit welch herrlichen Betätigungen wurde die Zeit ausgefüllt! Fußballspielen war eine. Die Tante stellte den Cousin ab, mit ihm den Ball zu treten und zu halten. Erschöpft, aber absolut glücklich kehrte er zurück und genoss das Essen, fiel müde in das für ihn bereitgestellte Bett und träumte von der Freundin seines Cousins, wie sie ihren Busen vor ihm entblößte und sich ihm darbot. Dieses Bild sollte ihn von nun an lange Zeit begleiten.

Wieder zurückgekehrt erschrak ihn, was er sah. Wie lange war er weg gewesen? Doch nur etwa zehn Tage! Und nun das: Ihn begrüßte eine Furie, eine losgelassene, wilde Hyäne. Auftreten und Verhalten schienen um ein vielfaches verschärft. Ihm war sofort klar, was ihn erwartete. Auf keinen Fall durfte Positives über die vergangenen Tage ruchbar werden. Alle Vorsicht half nichts. Es kam zu einer wilden Szene. Erstmals aber fühlte er sich ruhiger, unangreifbarer. Es traf ihn ja nicht überraschend oder unvorbereitet.

Tags darauf stellte ihn Frau Klemm zur Rede. Ihm wurden die Pausengespräche peinlich, veralberten ihn doch seine Schulkameraden bereits, der Liebling von Frau Klemm zu sein. Sie warfen ihm vor, sich mit seiner schleimigen Art bei ihr einzuschmeicheln.
"Deine Schwester ist für einige Tage nicht im Unterricht erschienen. Kannst du mir sagen, was sie hat?"
Mit hochrotem Kopf musste er die Frage verneinen. Er wusste es wirklich nicht. Tatsächlich war ihm die Abwesenheit seiner Schwester nach seinem Urlaub vollständig entgangen.
"Sag bitte deinen Eltern Bescheid, dass ich persönlich oder schriftlich informiert werden möchte. Kannst du das tun?"
Ein schüchternes "Ja" war die Antwort. Ihn grauste, wenn er daran dachte, welche Komplikationen den Überbringer dieser Nachricht erwarteten.

Also sagte er nichts und spielte lieber bei Gerd zu Hause, so oft und so lange es möglich war. Gerds Mutter behandelte ihn nett. Doch überwiegend verbrachten sie ihre Zeit alleine, ohne Aufsicht. Das war eine gute Zeit. Als er heute aus der Tür trat, denn irgendwann war es einfach Zeit, sich zu verabschieden, traf er völlig unerwartet auf seinen Vater. Der begrüßte ihn und stellte eine junge Frau vor. Vor Verblüffung und Ratlosigkeit sprach der Junge kein

Wort. Und kurz nach der Begrüßung war die Situation auch schon wie ein harmloser Spuk vorüber. Während des Heimwegs überlegte er, was dies zu bedeuten hatte und vor allem, auf welche Auswirkungen er sich vorbereiten musste. Angekommen traf er am Tisch sitzend eine zerzauste, verstörte Frau vor. Er musste nichts sagen. Seine Konzentration richtete darauf, unbemerkt zu bleiben. Aber er war nun einmal da. Also entlud sich die angestaute, energische Wut auf ihn. Nur so viel war zu verstehen, dass sie als bedauernswerte Ehefrau und überanstrengte Mutter von aller Welt schlecht gemacht wurde. Sicher hatte er nur Abfälliges seiner Tante gegenüber aufgetischt. Er roch ja praktisch noch nach diesen grausligen Geschichten.

"Habe ich nicht! Ich habe kein Wort darüber gesprochen."

"*Darüber*? Was bedeutet denn *darüber*? Kannst du mir das sagen? Und überhaupt: Wenn es dir dort so sehr gefällt, dann hau doch einfach ab!"

Kaum waren diese Worte ausgesprochen, machte sie einen Satz aus dem Stuhl. Er fürchtete sich vor den Prügeln. Sie aber hastete an ihm vorüber, die Treppe hinauf in sein Zimmer. Ratlos und überrascht blieb er zurück. Kurze Zeit später erschien sie mit einem kleinen Koffer, packte ihn beim Kragen, die Treppe hinunter in den Hof. Dort angekommen schleuderte sie ihn von sich weg, schmiss den Koffer hinterher und schrie: "Mach, das du wegkommst!" Immer wieder und wieder. "Mach, das du wegkommst!"

"Ja, oh ja. Gerne. Bitte. Ja", ging es ihm durch den Kopf. "Ich mache mich weg." Doch wohin? Unmöglich, zu seinem Freund zu gehen. Das durfte er einfach nicht. Und das wusste er auch. Aber wohin sonst? Zur Tante? Die war weit weg. Er kannte den Weg nicht.

Und sonst gab es einfach niemanden, den er mit seiner Anwesenheit belästigen konnte. Einen Moment dachte er an seinen Nachhilfe Studenten. Möglich, dass der ihn verstand. Aber er lebte ja selbst nur in einem winzigen Dachzimmer und durfte ihn sicher nicht beherbergen. Außerdem: Woher nahm man das Geld, um für das Essen zu zahlen? Panik machte sich in ihm breit. Er war ein Nichts. Ein Niemand. Nicht einmal in der Lage, durch die plötzlich geöffnete Tür hindurchzugehen. Mehr war doch nicht nötig. Einen Schritt nach dem anderen machen. Hinaus aus dem Hof. Mit einem Schmerz in der Brust schaute er auf die weit entfernte Metalltür am Ende des Hofes. Sie war unerreichbar fern. In diesem Wissen biss er sich auf die Lippen und konnte einfach nur mit dem Köfferchen in der Hand still stehen bleiben. Er war eben nichts weiter als ein jämmerlicher Feigling.

Die Frau hatte einen Tennisball gefunden. Sie nahm ihn auf, schaute die Hauswand hinauf und erspähte weit oben eine Spinne. Gezielt warf sie mit dem Ball nach der Spinne und verfehlte sie. Hob den Ball auf, zielte und warf. Verfehlte. Hob den Ball auf, zielte und warf. Verfehlte. Warf. Verfehlte. Warf. Verfehlte.

Entgeistert schaute er ihr bei dieser Tätigkeit zu.

Das Ende

Das Tageslicht war verschwunden, als sie endlich hinein ging und ihm damit den Weg frei gab. Ohne Verzug begab er sich in sein Zimmer und legte sich angezogen aufs Bett. Allerlei Gedanken stoben durch sein kleines Gehirn. Was sollte er tun? Welche Chancen bot ihm die neue Situation? Was vermochte er überhaupt zu verändern oder zumindest zu beeinflussen? Wut trieb ihm die Tränen in die Augen. Irgendwann schlief er ein.

"Du kommst zu spät. Nach der Unterrichtsstunde bleibst du hier im Klassenraum. Wir haben was zu besprechen."

Oh weh. Herr Resch blickte bereits sauer. Mit zerzaustem Haar und seit drei Tagen in denselben Klamotten, blieb er, wo er war. Auch, als die Glocke ihm ein Entkommen signalisierte.
'Soll ich einfach aufstehen und verschwinden? Was passiert dann mit mir? Nachsitzen? Strafarbeiten?', dachte der Junge. Konnten diese Strafen ihn Schrecken? Nachsitzen sicher nicht. Damit war er für ein, zwei Stunden davon befreit, sich heimwärts zu begeben. Erst dort wartete die wirkliche Strafe: Die Erklärung für seine Verspätung. Und Nachsitzen bedeutete in den Augen der Erwachsenen in jedem Falle eine gerechte Strafe für ein, wenn auch ungenannt gebliebenes, Vergehen, welches sicher eine im Grund ungebührliche Verlängerung des Schulaufenthaltes verdiente.

Herr Resch schaute ihn aufgebracht und wütend an.

"Frau Klemm hat mich darüber unterrichtet, dass deine Schwester dem Unterricht fern bleibt und du deine Eltern darüber informieren solltest. Hast du das getan?"

Er suchte krampfhaft und hilflos nach einer Antwort. War es ungestraft möglich, Herrn Resch einfach zu belügen? Oder würde sein Vergehen sofort bemerkt?

"Sag schon! Hast du deine Eltern informiert? Oder ist sie vielleicht krank?"

"Ich weiß nicht", entschlüpfte ihm unbedacht.

"Du weißt nicht, wie es deiner Schwester geht? Was soll denn dieser Unsinn? Um gleich eines klar zu stellen: Mich kannst du mit deiner Art nicht um den Finger wickeln!"

Welche Art, fragte sich der Junge.

"Du antwortest auf der Stelle oder ich werde ganz andere Seiten aufziehen. Und die werden dir wenig Freude bereiten. Das verspreche ich dir!"

"Aber was soll ich denn tun? Ich bin doch nicht meine Schwester. Und auch nicht schuld daran, dass sie nicht im Unterricht erscheint."

"Trotzdem musst du doch etwas über ihre Abwesenheit wissen. Ist sie zum Beispiel krank? Immerhin wohnt ihr beide im gleichen Zuhause."

Gerne hätte er geantwortet: Es gibt gar kein *Zuhause*. Im letzten Moment verkniff er sich die Worte. Doch für ihn setzten sie sich fest: Es *gibt kein Zuhause*. Und wenn, muss ich es mir erst machen.

"Hörst du mir überhaupt zu? Kerl, ich sage dir, falls du hier eine Show abziehst, werde ich dir das Fell über die Ohren ziehen."

Das konnte auf keinen Fall schlimmer sein, als das, was er bereits gewohnt war. Deshalb machte ihm diese Drohung keine Angst. Jedenfalls nicht mehr, als er ohnehin empfand.

"Die Frau Klemm macht einen richtigen Aufstand. Du wirst davon nichts haben. Das verspreche ich dir! Glaub' also nicht, sie für deine Zwecke einspannen zu können."
Da war sie, die Möglichkeit: Frau Klemm. Vielleicht konnte er mit ihr wirklich über seine Sorgen sprechen. Seit langer Zeit war sie auf seiner Seite, behandelte ihn nett und freundlich. Aber konnte sie überhaupt etwas für ihn tun? Ausschließlich bei einer positiven Aussicht war es ratsam, sie mit hineinzuziehen in diesen Sumpf. Aber vielleicht glaubte sie ihm ja auch kein Wort. Und es war ja schlecht möglich, dass sie ihn besuchte. Das hätte schreckliche Folgen für ihn und seine Schwester, sobald sie wieder gegangen war. Einen Augenblick zuckte der Gedanke in ihm auf, dass sie ihn vielleicht mitnehmen konnte. Er wusste zwar nicht, wohin. Eben einfach mitnehmen. Mit seinem Köfferchen. Das war ein herrlich-wärmender Gedanke, der allerdings genauso schnell wieder verschwand, wie er aufgetaucht war.
"Und, was ist nun?" Herr Resch wurde mehr als ungeduldig.
"Nichts. Was soll denn sein?"
Er sah, dass der Resch ihm am liebsten eine geklebt hätte. Eine klammheimliche Freude machte sich bemerkbar. Der durfte das irgendwie nicht. Zwar war es möglich, aber unwahrscheinlich. Seine Gefährdung in dieser speziellen Situation war geringfügig. Es gab eine Chance auf Veränderung, auf Entkommen. Das war ein neues, angenehmes Gefühl. Verschmitzt schaute er auf Herrn Resch. War es möglich, diese neugewonnene Stellung auf das zu übertragen, was ihn bedrohte?

Natürlich war eine Übertragung ausgeschlossen. Er wurde verdroschen, als er nach seiner Schwester zu fragen wagte.

"Du Drecksack! Du Lügner und Betrüger. Du Dieb!" Das traf zu. "Ich wusste doch, dass du dein Mundwerk nicht halten kannst. Du bist nicht anders, als die anderen."

So, sie nahm an, er sei anders, vielleicht ein klein wenig *besser* als die anderen? Auch wenn er sich dieses *besser* nicht vorzustellen vermochte, konnte sich dies womöglich positiv auf ihr Verhältnis auswirken?

"Ihr alle wollt mich fertig machen. Aber ich lasse das nicht zu! Du wirst schon noch sehen! Warte ab."

Nein, er mochte nicht auf das warten, was auf ihn zukam. Doch zu spät. Die Pfanne traf ihn schmetternd am Kopf. Er wurde sofort ohnmächtig.

Als er erwachte, fand er sich im elterlichen Schlafraum wieder. Die Türe war verschlossen. Er rief mehrmals, erst behutsam, damit er niemanden aufschreckte. Dann mit jedem Mal lauter. Er klopfte und schlug gegen die Tür. Vergebens. Seine Blase war bis zum Platzen gefüllt. Er musste sich erleichtern. Aber wie und wo?

Nach einiger Zeit schafft er es, das Fenster zu öffnen. Er musste einfach pieseln. Es verlangte eine Portion Mut, sich im ersten Stock mit heruntergezogenen Hosen aufzurichten und sein Wasser nach unten rieseln zu lassen. Aber welche Befreiung! Sobald seine Blase geleert war, schaute er an der Wand hinab auf den drei mal vier Meter kleinen Hinterhof mit seinen Baugeräten an seinen Rändern. Es musste doch möglich sein, von diesem Fenster aus auf das seitlich gelegene Garagendach zu klettern. Das war nicht weit entfernt und so tief wie die Strecke zum

Hinterhof. Es galt aus dem Fenster und sogleich nach links zu klettern, falls er sein Gesicht zur Wand hielt. Das Garagendach befand sich etwa auf halber Höhe zwischen dem Fenster im ersten Stock und dem Hinterhof. Nur leider war es unumgänglich, ein, zwei Meter an der Hauswand entlang zu klettern. Die von der Straße abgewendete Hausfront war aus Kostengründen nicht verputzt. Der Raum zwischen den einzelnen Ziegeln schien ausreichend Halt für Füße und Hände zu bieten. Es war kein allzu großes Wagnis, fühlte er. Also machte er sich daran, hielt sich gut mit beiden Händen zur Absicherung am Fensterbrett fest. Er musste einige Schritte nach links machen. Also blieb ihm nichts anderes übrig, als seine linke Hand vom Fensterbrett zu lösen. Wie sollte er sonst auf das Garagendach gelangen? Noch als er über den nächsten Schritt nachdachte, rutschte er erst mit dem linken, dann mit dem rechten Fuß ab. Er hatte sich verschätzt. Die Fugen waren viel zu schmal für eine Kletterpartie. Einen Moment lang konnte er sich alleine mit der rechten Hand festhalten. Dann glitt sie ab und er stürzte, mit dem Hintern voraus, in Richtung Hinterhof.
"Was hast du gemacht? Was ist passiert?"
Die Frau des Vermieters stand über ihm. Er konnte keine Antwort geben. Irgendwie war nicht genug Sauerstoff in seinen Lungen. Die Frau nahm ihn hoch und trug ihn fort. Was für ein befremdliches Gefühl. Denn niemals zuvor hatte sie ihn angefasst. Auf dem Hof angelangt, rief sie nach Hilfe. Niemand konnte sie hören. Also schritt sie mit ihm auf ihren Armen entschlossen den langen Hof entlang. Ganz schön kräftig, diese Frau eines Bauarbeiters! Er schaute nach rechts und betrachtete den hohen Zaun und den Gemüsegarten. Dann nach links, auf die achtzig

Zentimeter Mauer. Wie immer, war kein Mensch zu sehen, der Garten verwildert. Er dachte kurz an die Blindschleichen, die sich dort tummelten. Schon hatten sie die Straße erreicht. Die Vermieterin rief weiter. Von gegenüber kam eine Frau auf die Straße gelaufen und erkundigte sich, um sogleich wieder in ihrem Haus zu verschwinden. Sie rief einen Krankenwagen zu Hilfe. Behutsam wurde er auf dem Gesteig abgelegt. Die Vorbeigehenden blieben stehen oder kamen sogar zu ihm herüber. Stimmen verwirbelten Worte. Er fühlte die Feuchtigkeit in seiner Hose und schämte sich. Wie sollte er es den Anderen sagen: Als großer Junge machte man doch nicht mehr in die Hose.

Eine Hand strich ihm zärtlich über den Kopf. Wer war das überhaupt? Er kannte die Frau nicht. Zwei Männer vom nahegelegenen Hochtiefbau erschienen und begutachteten ihn fachmännisch. "Der wird schon wieder. Da ist nix Wichtiges gebrochen."
Als wenn sie wüssten, wie leicht ein kindliches Rückgrat gebrochen werden konnte.
Erst war die Sirene zu hören, bevor er das Blaulicht wahrnahm. Zwei jungen Männer erschienen am Ort des Geschehens und sprachen auf ihn ein. Wie es ihm gehe? Was schmerzte ihn? Vielleicht das?
"Au!"
Gut. Jetzt wussten sie, was zu tun war. Eine Bahre erschien wie von Zauberhand und er wurde vorsichtig angehoben. Irgendwie war all die Fürsorge angenehm. Wieder einer Sirene. Wieder Blaulicht. Ihn kümmerte es wenig. Es war spannend, in einem Krankenwagen abtransportiert zu werden. Alle waren ausgesprochen nett und fürsorglich zu ihm. War sie nun da, die Chance, zu entkommen? Oh wie herrlich!

Die beiden Wachtmeister Schleswig und Knorr stiegen aus dem Dienstwagen.

"Du kennst den Jungen?"

"Ja", antwortete Schleswig. "Er fiel mir zwei-, dreimal auf. Aber da war nur so ein Gefühl."

"Du und deine *Gefühle*! Da kann ich mir schon denken, um was es geht." Knorr war kein Gefühlsmensch. Aber er mochte den Schleswig gut leiden, wenn der ihm auch so manche Überstunde mit seinem *Gefühl* bescherte, die letztendlich oft leicht verdientes Geld bedeuteten, weil alle Mühen in der Regel in einer Sackgasse endeten. In diesem Fall hier war es natürlich Pflicht, sich genau anzuschauen, was geschehen war. Bei Kindern kannte Knorr genau wie Schleswig kein Pardon. Da war er mit dem Schleswig durchaus auf einer Wellenlänge. Aber Kinder waren unberechenbar und verletzten sich während ihrer Spiele so schnell, dass sich ihr Eingreifen erübrigte. Diese Situation war ihm durch seine eigenen Rabauken vertraut. Wie häufig er versucht hatte, dies seinem Kollegen nahezubringen, konnte er nicht mehr an zwei Händen abzählen. Hier aber stapfte er widerstandslos hinter Schleswig her und betrat das Haus.

"Guten Tag! Frau ...."

"Alt."

"Guten Tag, Frau Alt. Würden sie uns bitte zeigen, wo sie den Jungen gefunden haben?"

"Aber natürlich, Herr Wachtmeister. Bitte hier entlang." Frau Alt führt sie durch die Garage, bog links ab in Waschküche, öffnete die alte Tür zum Hinterhof und bezeichnete beiden Polizisten den Ort, wo sie den Jungen gefunden hatte.

"Da kann er ja von Glück sagen, dass sie ihn hier gefunden haben."

"Aber ja. Ich hatte meine Handtücher in der Waschküche liegen gelassen. Hier angekommen hörte ich
einen leichten Plumps und danach Gewimmer. Dass
ein Sturz so leise vor sich gehen kann, hätte ich nicht
für möglich gehalten. Als ich dann die Türe öffnete,
lag der Junge da." Sie deutete auf die Mitte des
Hinterhofes.
"Wie ist er denn dahin gekommen?"
"Er muss aus dem Fenster im ersten Stock gefallen
sein."
Beide Polizisten betraten den Hinterhof, schauten sich
um, bevor sie den Blick nach oben richteten.
"Ist nicht so hoch. Aber trotzdem muss er einen Grund
gehabt haben. Sonst klettert man da nicht hinunter",
stellte Schleswig fest.
"Da magst du recht haben. Gehen wir mal hoch."
"Wo sind denn die Eltern des Jungen?", wollte
Schleswig wissen.
"Ich will keine Gerüchte verbreiten. Aber vermutlich ist
der Vater ausgezogen. Die Mutter habe ich seit ein
paar Tagen nicht mehr getroffen."
"Ist das nicht ungewöhnlich?", wollte Schleswig
wissen.
"Keineswegs. Häufig sehen wir uns nur einmal im
Monat. Gerade in der letzten Zeit hat sich Greta
zurückgezogen. Wer kann ihr das verdenken! Ist ja
immer so peinlich, wenn die Männer einen verlassen."
Sie wusste, wovon sie sprach. Nur hatte *sie* ihren
Bauarbeiter schon vor einiger Zeit vor die Tür gesetzt.

"Dann klingeln wir mal."
"Hab ich schon. Vergeblich. Macht nicht auf."
"Wo kann sie denn sein?"
"Das weiß ich nicht. Wie bereits gesagt, hatten wir in
den letzten Wochen wenig Kontakt."

"Ist schon gut, Frau …"
"Alt."
"Wir kümmern uns um alles weitere."
"Wollen sie vielleicht eine Tasse Kaffee?"
"Vielleicht später. Jetzt schauen wir uns erst einmal um, falls wir ihre Erlaubnis haben."
"Aber natürlich!"
"Beginnen wir im Keller."
'Dieser Schleswig', dachte Knorr. 'Immer muss er das Unterste nach oben kehren.'
"Dann bitte gleich nach der Haustüre rechts und sofort wieder links die Treppe hinunter."
"Wir finden das schon, Frau …"
"Alt."
"Gehen sie und machen schon mal den Kaffee."
Damit waren sie die Frau los und näherten sich dem Keller. Schleswig hatte mit dem Keller anfangen wollen, eben weil er unten war und er sich systematisch umzuschauen gedachte, um nichts auszulassen und korrekt vorzugehen.
Der Lichtschalter war rasch gefunden. Sie stiegen hinab, schauten aufeinander, um sich der gegenseitigen Aufmerksamkeit zu vergewissern. Es war ja ihre Aufgabe, allem gegenüber offen zu sein.
Der erste Raum: nichts. Der weitere Weg lag im Dunkeln. Offensichtlich gab es weitere Lichtschalter. Sie suchten vergeblich.
"Hast du deine Taschenlampe dabei?"
Mit einem leichten Triumph wackelte er mit dem Stab. Wie konnte Schleswig nur glauben, dass er, Knorr, nicht vollständig ausgerüstet an den Ort eines … Ja, welchen Ort denn? Knorr erschrak über diesen Gedanken. War er es in diesem Fall, der das zweifelhafte Vergnügen entwickelte, ein *Vorgefühl* zu haben? Er hielt Schleswig instinktiv zurück, schaltete

die Taschenlampe an und strich über den Gang rechts, bevor er den gegenüberliegenden Raum ausleuchtete. Was sie im Lichtkegel erkannten oder zu erkennen glaubten, ließ ihr Blut gefrieren. Ein Mädchen saß da. Hager, mit aufgerissenen Augen. Ein Stofftier in der Hand.
Knorr konnte nicht anders. Er stupste den kleinen Körper mit seiner Stablampe an. In diesem Moment wendete das Mädchen seinen Kopf und schaute den beiden Polizisten direkt ins Gesicht. Wirklich wussten sie später nicht mehr zu sagen, wer von ihnen zuerst einen Laut von sich gegeben hat. Es war aber auch völlig gleich.

Die Dienststelle wurde sofort informiert. Kommissar Hendricks erschien und suchte sich ein Bild zu machen.
"Wer hat eigentlich die Polizei gerufen?"
"Niemand aus dem Haus oder der Straße. Der Junge ist aus dem Fenster gefallen. Daraufhin hat die Vermieterin den Krankenwagen gerufen. Der wurde vom Streifenwagen mit Schleswig und Knorr routinemäßig begleitet", berichtete ihm ein gestriegelter Beamter.
"Und wo finde ich die beiden jetzt?"
"Die sitzen draußen auf dem Mäuerchen und erholen sich von ihrem Schrecken, Herr Kommissar."
"Aha. Dann holt sie mir herein."
"Geht nicht. Sie wollen beide draußen sitzen bleiben. Ich hatte sie bereits vergeblich aufgefordert, wieder hereinzukommen."
"Was sind denn das für Wachsfiguren? Na dann. Ich schaue mal nach ihnen, wenn sie Blei in den Beinen haben."

Hendricks war älter. Und es stimmte ihn nicht fröhlich, in diesem nass-kalten Keller nach Hinweisen zu suchen. Zumal ja niemand zu Tode gekommen war, durfte er dem Bericht glauben schenken. Ein Mädchen hatte hier im Dunkeln gesessen. Zugegeben, es war noch etwas jung. Aber es lag kein Verbrechen vor, soweit er dies beurteilen konnte.

"Da haben wir ja unsere beiden Herren. Na, schon mal eine Leiche gesehen?"

"Nein, Herr Kommissar", antwortete Schleswig brav mit hörbar belegter Stimme. "Aber lieber eine tote als lebende Leiche sehen."

"Wie ist das gemeint?", wollte der Kommissar wissen.

"Das Mädchen war schrecklich abgemagert und völlig unterkühlt. Es liegt bereits im Krankenhaus, praktisch neben ihrem Bruder."

"Der aus dem Fenster gefallen ist?"

"Jawohl. Genau der."

"Eine feine Familie, die wir hier haben. Wo sind denn die Eltern?"

"Sind noch nicht gefunden."

"Wurde denn nach ihnen gesucht?"

"Im Haus haben wir alle Winkel abgesucht. Da ist niemand."

"Und in der weiteren Umgebung?"

"Noch sind nicht genügend Polizisten vor Ort."

"Weil bis jetzt kein Verbrechen vorliegt."

"Und was hat es damit auf sich", wollte Schleswig wissen, "sein Kind in einem dunklen Keller vor einem Teller mit vergammelter Nahrung sitzen zu lassen?"

"Diese Frage muss an das Jugendamt gestellt werden. Ich bin Kommissar. Ich kümmere mich um Gewaltverbrechen."

"Aha."

"Lass es gut sein, Schleswig!", versuchte Knorr, die Situation zu beruhigen. An Hendricks gewandt fuhr er fort: "Wir wissen nicht, wo sich Mutter oder Vater gegenwärtig aufhalten. In der Nachbarschaft hat auf mein Klingeln niemand geöffnet. Und die weitere Umgebung haben wir noch nicht abgesucht. Werden wir aber, Herr Kommissar, sobald wir einmal tief durchgeatmet haben. Es war wirklich kein schöner Anblick. Wir sind völlig unvorbereitet da hinein geraten. Das dürfen sie mir glauben."

"Nun gut. Wenn dann die Herrschaften genug geruht haben, machen sie sich gleich daran, zumindest das nahegelegene Stück Wald zu begutachten. Geht das in Ordnung?"

Auf diese provokative Aufforderung konnten die beiden nur mit ihrem Kopf nicken.

"Ich begebe mich nochmals zur Nachbarschaft." Damit schritt Hendricks den Hof gemächlich Richtung Straße ab, seine Blicke aufmerksam rechts und links gerichtet. Hinter dem hohen Zaun sah er im Fenster den Schatten eines Menschen. Auf der anderen Seite aber blieb alles ruhig. Erstaunlich, wo doch sonst jede Kleinigkeit die Bewohner auf die Straße trieb.

'Ich schau mir die Bewohner des alten Kastens zuerst an.' Gerne hätte er einen Stumpen gequalmt. Dies machte allerdings einen unhöflichen Eindruck. Also unterließ er es.

Nach einem ersten, vergeblich Versuch hielt er seinen Finger ohne Unterbrechung auf dem Klingelknopf. Seine Hartnäckigkeit war nicht vergeblich. Nach einer langen Zeit erschien ein winziges, verhutzeltes Männchen.

"Was wollen sie?" Die Begrüßung war ganz offenbar abweisend. An dieser Tür war niemand willkommen.

"Einen schönen guten Tag!", antwortete Hendricks. "Ich bin von der Polizei." Routinemäßig hob er zusammen mit seinen Worten den Ausweis in Augenhöhe des alten Mannes.

"In ihrer direkten Nachbarschaft", er deutete mit der Hand nach links, "ist ein Unglück geschehen. Wir müssen uns bei ihnen erkundigen, ob sie vielleicht etwas bemerkt oder beobachtet haben."

"Nein. Nichts."

'Das ist ja mal eine kurze und schmerzlose Antwort', dachte Hendricks.

"Überlegen sie bitte genau. Wohnt vielleicht sonst jemand hier in diesem Haus, der mir Auskunft geben könnte?"

"Nein. Vielmehr ja: Meine Schwester. Aber die ist bettlägerig."

Hendricks überlegte, ob er sich dessen vergewissern sollte.

"Sie können mir also nicht helfen, Herr ...."

"Nein, kann ich nicht. Wenn sie gestatten. Ich werde gebraucht."

Er hatte nicht gestattet. Aber die Tür schloss sich trotzdem vor seiner Nase.

'Was für ein alter Rüpel', dachte Hendricks. Doch noch gab es keine Anhaltspunkte, die eine weitere Befragung rechtfertigten. Nachdrücklich wollte Hendricks zu diesem Zeitpunkt noch nicht auftreten, weil ihm dies als Provokation ausgelegt werden konnte. Also begab er sich auf das Haus auf der anderen Seite und klingelte. Vielleicht erfuhr er ja hier etwas oder kam zu einem Urteil.

Es öffnete eine junge Frau: "Ja bitte?"

Dieselbe Prozedur: Nach der Vorstellung kam die Befragung. Wieder ohne brauchbare Antwort. Das Gespräch wurde auf dem Gehweg geführt. Entgegen der sonst bekannten Praxis wurde Hendricks nicht aufgefordert, sich in das Haus zu begeben. Die Frage nach den Nachbarn wurde lässig abgetan. War dies ein Zufall? Der Ort des Unglücks wurde von jeweils zurückgezogen lebenden, völlig teilnahmslosen Nachbarn flankiert. Hendricks machte sich lediglich eine Gedächtnisnotiz. An diesem Ort war keine Information einzuholen. Und ein untergetauchtes Ehepaar, welches sich wahrscheinlich gerade in der Phase der Trennung befand, sowie ein zurück-gelassenes Mädchen im Keller und ein Sturz aus dem Fenster waren noch kein Grund, die kriminalistische Maschinerie anzuwerfen. Also rief er Schleswig und Knorr zu sich, die nach wie vor auf der Mauer saßen.

"Meine Herren. Bitte verfassen sie einen genauen Bericht. Wir belassen es heute bei diesen Nach-forschungen. Falls wir weitere Hinweise erhalten, werden wir diesen nachgehen. Solange kümmern wir uns aber bitte um die wirklichen Übeltäter. Einverstanden?"

Diese Bemerkung war mit rhetorischer Absicht formuliert. Schleswig und Knorr waren froh, dies Haus verlassen zu können. Auf dem Weg hinaus fiel Schleswig ein: "Soll ich vielleicht den Jungen befragen?"

"Eine gute Idee. Und berichten sie mir."

Schleswig fuhr vom Revier gleich weiter in das betreffende Krankenhaus.

"Hallo Junge! Wie geht es dir? Erkennst du mich noch? Wir haben uns einmal auf der Kreuzung getroffen, als du so Gedanken verloren auf dem Grenzstein gesessen hast."

"Ja. Ich erinnere mich. Hatte gerade ein neues Comicheft gekauft."

"Und? War das Heft gut?"

"Prima", lächelte der Junge, beruhigt, dass sich der Polizist nur nach Kleinigkeiten erkundigte.

"Gerne kann ich dir eines besorgen, Aber erzähl zuerst, was dich dazu bewogen hat, aus dem Fenster zu klettern."

"Ich musste mal."

"Und?"

"Die Tür war zugesperrt. Und da mich niemand hat rufen hören, habe ich aus dem Fenster gepinkelt. Und dabei bin ich ausgerutscht." Erstaunlich, wie unkompliziert das Lügen mit der Zeit wurde.

"Wer hat dich denn eingesperrt?"

"Mutter. Die hatte etwas zu erledigen."

"Aha. Und was?"

"Weiß ich nicht."

"Sperrt sie dich immer ein, sobald sie etwas zu erledigen hat?"

"Nein."

"Und weshalb dann dieses Mal?"

"Weiß ich nicht."

"Und deine Schwester?"

"Die ist normalerweise mit im Zimmer."

"Aha." Da stimmte etwas nicht. "Hast du deine Schwester gesprochen?"

"Nein, noch nicht. Außerdem spricht sie nicht viel. Deshalb unterhalte ich mich nicht mit ihr."

"Wenn ich sie also frage, wird sie mir genauso wenig erzählen, wie du es tust. Wie soll ich dann herausfinden, was geschehen ist?"

"Ist das denn wichtig?"

"Für mich: Ja!"

Der Junge schwieg.

"Dann gehe ich jetzt und hol dir ein Comicheft. Und deine Schwester werde ich gleich auf dem Weg befragen."

"Gut."

Dr. Kühn, den verantwortlichen Arzt der Kinderstation, traf er zufällig im Flur.

"Guten Tag, Doktor! Ich wollte mich erkundigen, wie es um die Verletzungen des Jungen aus Zimmer sechs und dessen Schwester steht."

"Sind sie der Beamte, der die Schwester gefunden hat?"

"Ja, bin ich."

"Bitte berichten sie zuerst über die Umstände. Danach werde ich ihnen gerne einen Bericht über den körperlichen Zustand der beiden geben."

Schleswig wiederholte, möglichst kurz, aber nicht weniger drastisch die Situation im Keller. Der Arzt dachte eine Zeitlang nach.

"Das Mädchen ist schlecht ernährt, knapp an der Grenze zur Unterernährung. Und der Junge hat richtig Glück gehabt. Wäre er nicht auf etwas Weichem gelandet, hätte es sein Gesäß sehr wahrscheinlich zerbröckelt. War es Gras?"

"Nein. Eigentlich nicht. Es war fester Boden."

"Wirklich? Dann hat er mehr als Glück gehabt. Bei einem Sturz, wenn auch nur aus zwei Metern, ist das Steißbein meiner Erfahrung nach stärker betroffen, als es bei ihm der Fall ist. Denn er ist vollständig auf den Po geplumpst."

"Also nicht vornüber aus dem Fenster gefallen?"

"Das halte ich für sehr unwahrscheinlich. Auch wenn er eine Beule am Kopf hat, deren Herkunft mir schleierhaft ist. Die Höhe reicht nicht. Und ob der Junge einen Salto hinbekommt, müssten wir zuerst prüfen. Ich gehe davon aus, dass er dazu nicht fähig ist. Rücken und Seite seines Körpers würden Sturzmerkmale aufweisen. Tun sie aber nicht. Sein Steißbein musste die volle Wucht des Sturzes

auffangen. Bei Kindern führt dies zu Brüchen, weil ihr Knochenbau noch nicht abgeschlossen ist. Er aber hat sich nichts gebrochen. Also eine Ausnahme von dieser Regel. Weshalb auch immer."
Schleswig überlegte: "Danke, Doktor. Ich komme viel-leicht noch einmal auf sie zurück, sollten wir weitere Fragen haben. Doch für den Moment haben sie mir sehr geholfen."
"Nichts zu danken. Wir werden in jedem Falle das Jugendamt informieren. Oder sehen sie eine andere Möglichkeit?"
"Nein. Völlig korrekt. Tun sie das. Wir versuchen noch, die näheren Umstände aufzudecken. Noch eine letzte Frage: Haben sich vielleicht die Eltern oder andere Angehörige der beiden Kinder gemeldet?"
"Wo sie mich das Fragen, fällt es mir erst auf: Nein. Niemand."
"Das ist doch ungewöhnlich, finden sie nicht auch?"
"Auf jeden Fall."
Damit verabschiedeten sich die beiden Männer. Schleswig begab sich vom Krankenhaus direkt in die Wache. Dort angekommen fragte er beim Kommissar nach: "Haben sie einen Augenblick Zeit für eine vielleicht etwas närrische Möglichkeit?"
"Aber immer doch. Mir macht es Freude, meinen Mitarbeitern zu bedeuten, wie wenig närrisch unsere Welt ist."
"Der Doktor Kühn im Krankenhaus ..."
"Es geht also um die beiden Kinder?"
"Ja, richtig, Pardon. Also der Doktor Kühn meint, dass das Mädchen am Rande der Unterernährung sei und der Junge mächtig Glück bei seinem Sturz gehabt haben soll."
"Soll?"

"Ja, denn ein vom Doktor vermuteter Grasteppich hat den Aufprall des Jungen nämlich nicht abfangen können. Im Hinterhof gab es kein Gras. Der Boden war fest."

Kommissar Hendricks überlegte und holte sich das Bild des Hinterhofs in sein Gedächtnis zurück. Er hatte lediglich einen kurzen Blick darauf getan. Er erinnerte sich an die hässliche Rückfront des Hauses und gegenüber an die provisorisch errichtete Abgrenzung zum Wald hin. Die andere Seite des kleinen Hofes war durch eine ungewöhnlich hohe Mauer vom nächsten Grundstück getrennt. Wahrscheinlich zur Sicherung der Maschinen jener Tiefbaufirma direkt in der Nachbarschaft.

"Ist die Tür von der Waschküche zum Hof in der Regel versperrt?", fragte er Hendricks.

"Das weiß ich nicht, Herr Kommissar."

"Rufen sie einen Wagen. Wir fahren hin und schauen uns die Örtlichkeiten genauer an."

Schleswig fragte nicht nach dem Grund, sondern eilte zu Knorr und begab sich zu seinem Dienstfahrzeug. Der Kommissar kam wenige Minuten später, mit einem brennenden Stumpen im Mundwinkel, keineswegs bereit, diesen im Wagen erkalten zu lassen.

"Darf ich fragen, was wir suchen?"

"Das weiß ich nicht. Als sie mir von dem Hinterhof berichteten, ist mir nur aufgefallen, dass der Boden nicht so fest gestampft wirkte, wie er ihrem Bericht nach sein sollte."

Schleswig und Knorr wussten nicht, wovon der Kommissar eigentlich sprach.

Kaum angekommen, holten sie die Vermieterin aus ihrer Küche.

"Haben sie die Greta gefunden?", wollte sie nur wissen.

"Nein. Aber vielleicht etwas oder jemand anderen", antwortete der Kommissar. Schleswig und Knorr versteiften sich bei diesem Satz. Das Garagentor wurde geöffnet. Ohne Licht gingen sie die wenigen Schritte zur Waschküche, linker Hand. Dort angekommen sofort zur gegenüberliegenden Tür. Sie war verschlossen.
"Ist diese Tür immer abgesperrt?", wollte Hendricks von der Vermieterin wissen.
"Ja. Wegen der dort aufbewahrten Baugeräte, obwohl die sicher nur wenig wert sind. Und wegen des offenen Zugangs von Seiten des Waldes."
"Bitte öffnen sie die Tür."
Die Vermieterin holte einen Schlüsselsatz, suchte kurz, öffnete die schlichte Tür.
"Treten sie bitte zurück. Schleswig, Knorr, greifen sie sich jeweils eine Hacke und einen Spaten und graben sie mir dies Stück Boden um."
Ohne Worte taten sie, was ihnen aufgetragen wurde. Schleswig bemerkte sofort, was der Kommissar in seinem Büro gemeint hatte. Der Boden war nicht so fest, wie er nach langer Zeit eigentlich sein sollte. Und es bedurfte nur einiger Zentimeter. Was sie fanden, war der Leichnam eines Mannes. Sie mussten nicht fragen, um wen es sich handelte.

Brief

Liebe Christiane!

Mein Gewissen plagt mich. Ich muss mich entschuldigen, dass ich dir lange nicht geschrieben habe. Vor allem, weil dieser Brief nun auch noch mit einer bestimmten Intention geschrieben wird.
Weshalb greife ich nach Füller und Briefpapier und melde mich gerade jetzt bei dir? Weil ich die Einladung vor einen Bewährungsausschuss erhielt. Fünfzehn Jahre sind vergangen. Nun soll über das Strafmaß erneut verhandelt werden. Stell dir vor, wie sehr ich von diesem, muss ich es Vorladung nennen?, amtlichen Schreiben überrascht wurde! Und erschrocken bin! Außer mir werden eine Vorsitzende, ein Beisitzer, eine Beisitzerin, ein klinischer Psychiater, der Kommissar und Polizist von damals und eine Sozialarbeiterin anwesend sein. Alles Menschen, die ich nicht kenne, vor deren Erwartungen ich heute schon ein wenig zittere. Was wollen diese Menschen von mir hören? Was soll ich sagen oder besser nicht aussagen? Sind meine Worte von irgendeiner Bedeutung, nur weil ich eine Beteiligte war? Natürlich bleibt dies alles alleine an mir hängen! Mein werter Bruder hat sein Kommen verweigert, sich mit irgendwelchen Begründungen herausgeredet. Das hatte ich auch nicht anders erwartet. Weshalb aber soll ich hingehen und lange zurückliegende Ereignisse wachrufen? Wird meine Qual damit von neuem beginnen? Wenn ich mir vorstelle, vor fremden Menschen im lange vergangenen Dreck wühlen zu müssen, kriecht mir ein beklemmendes Gefühl das Rückgrat hoch. Wie wirken derartige Familiengeschichten, wenn sie vor einem

Gremium ausgebreitet werden? Erzähle ich sie deshalb vielleicht in einem anderen Licht, einer anderen Atmosphäre? Praktisch durch die Augen mir fremder Menschen? Wie wirken meine Kommentare auf die Anwesenden? Ich höre bereits, wie du zu bedenken gibst, dass ich mir darüber keine Gedanken machen soll, keinesfalls die nur eingebildeten Reaktionen der Zuhörer einbeziehen darf, mich nicht nachdrücklich nach anderen richten soll. Wie kann ich zu einer eigenen Position gelangen und an ihr festhalten, wenn ich ständig den Einfluss oder Eindruck anderer Menschen mit einbeziehe?

Dabei wird mein Wunsch, absent zu sein, unterschlagen. Ich wünsche, unbemerkt zu wirken. Unauffällig. Damit ich nicht in etwas hineingezogen werde, was mir Schaden könnte. Diese Absicht ist nicht neu.

Heute bin ich einen Schritt weiter, liefere mich der Tatsächlichkeit aus. Ich entziehe mich nicht sofort einer befremdlichen, schwierigen Situation, da ich erkannt und gelernt habe, in der menschlichen Unterschiedlichkeit eine Erklärung zu finden. Es ist schlicht nicht möglich, sich in einen anderen Menschen hineinzuversetzen. Das Innerste bleibt einem immer fremd. Ganz abgesehen davon, ob ein solch anstrengendes Unterfangen *wirklich* nötig ist. Jedenfalls im alltäglichen Umgang. Aber genug dieser wirren Konstruktionen! Wende ich mich der aktuellen Frage zu: Gehört eine Anhörung in den Bereich des Alltäglichen? Vermutlich nicht. Mache ich es wie mein Bruder: Trotz oder gerade wegen der Last einer Verantwortung wegbleiben. Und wieder höre ich dich sagen: Verantwortung? Welche Verantwortung sollte ich denn tragen? Nun, die ich mir mit den Jahren willentlich erarbeitet habe. Auf die ich sogar einigermaßen stolz bin. Der ich mich nicht einfach entziehen kann, nur weil mir etwas Unangenehmes begegnet.

Oder fühle ich doch etwas wie Schuldigkeit? Wäre ich mir in dieser Beziehung doch bloß nicht so unsicher! Ein Gespräch mit dir wäre viel sinnvoller, als diese wirren Zeilen zu schreiben. Du würdest mir gegenüber sitzen und wir könnten uns während des Gesprächs anschauen, uns mit den Augen vergewissern, lächeln, weinen oder was die Situation auch immer verlangt. Das würde mir helfen. Deine Anwesenheit würde mir helfen. Leider leben wir sehr weit voneinander entfernt. Ein Besuch muss angekündigt, eine Reisemöglichkeit reserviert werden, die dafür nötige Zeit vorhanden sein. Das ist alles so umständlich, falls ein Gefühl unerwartet über einen hereinbricht. Oder eine *Aufforderung* völlig unerwartet ins Haus geflattert kommt. Nun sitze ich hier, grübele, wende jeden Stein, frage mich selber, möchte aber viel lieber dich fragen, was zu tun ist. Was richtig ist. Was falsch ist. Was zu unterbleiben hat und was nicht. Nur auf eines kann ich mich verlassen: Das mir die Worte nicht unkontrolliert entschlüpfen. Das Schweigen ist immer noch meine erste, persönliche, ja fast natürliche Schicht. Weshalb überhaupt eine Anhörung aufsuchen, wenn ich lieber schweigen mag? Es ist ein unbekannter Stachel, der mir keine Ruhe lässt, in mir wühlt. Und seinen Ursprung kenne ich nicht. Bin ich zu einer Aussage *verpflichtet*, alle rechtlichen Aspekte einmal ausgeklammert? Aber du verstehst mich sicher. Ich bewege mich hier eher in abstrakten, vielleicht moralischen Gefilden.

Falle ich in alte, bereits für überholt gehaltene Gefühlsmuster zurück? Ist mir zuzumuten, mich erneut mit allem zu befassen, obwohl ich damit abgeschlossen habe? Wann bin ich endlich ganz und gar befreit?

Wenn sie nicht mehr auf dieser Welt ist.

Das ist ein bitterer Gedanke. Und ich verbiete ihn mir, wage nur im Rahmen eines Briefs an dich, so zu schreiben. Es verbietet sich, einen derartigen Gedanken auszusprechen und damit zementiert in Worte zu fassen. Macht mich alleine dieser Gedanke zu einem schlechten Menschen?

Es wird nicht dadurch besser, dass ich diesen Gedanken niemanden gegenüber äußere. Ist er erwacht, so bin ich davon betroffen, infiziert. Und, Herrschaftszeiten nochmal, ich bin nicht mehr gewillt, mich wieder schlecht zu fühlen. Die unnahbare, unerforschliche, undankbare, ungewollte Tochter. Ich war doch damit fertig! Habe ich nicht schon zu viel darüber gesprochen, Freunde durch ständige Wiederholungen vertrieben? Oder nutzloserweise dem Schweigen den Vorzug eingeräumt, bis zu einem Punkt, an dem mich meine Umwelt nicht mehr wahrgenommen hat und deshalb versehentlich über mich stolperte und mir deswegen böse war? Und wieder musste ich mich anstrengen, begradigen, auf den Weg bringen, beruhigen. Endlich, endlich war ich weit auf diesem Weg vorangekommen, da flattert mir eine solche Aufforderung ins Leben. Und ich muss mich fragen, ob ich mich schlechter fühle, falls ich meinen Beitrag verweigere, wie es mein werter Bruder tut. Der hat es einfach. Der ignoriert einfach. Was geht ihn das an! Damit bleibe ich mit dem Familienproblem alleine. Sonst ist ja niemand mehr übrig, der etwas beitragen könnte. Vermag ich aber einfach hingehen, mir anhören, was sie von mir wollen und Antworten auf ihre Fragen geben? Was werden sie mich fragen? Weshalb ist das nicht schriftlich möglich? Dann hätte ich Zeit, mich mit den Fragen auseinanderzusetzen, wäre vielleicht nicht zu überraschen. Denn ich muss ja auch erst wieder nachdenken. Ich möchte ja niemandem mit einer falschen Erinnerung schaden. Muss hier Phantasie geschrieben stehen anstelle Erinnerung? Reicht ein: Ja, das ist geschehen. Oder ein: Nein, das ist nicht passiert. Wenn ich schon lese: Psychiater und Sozialarbeiterin. Da kann ich mir bereits vorstellen, was auf mich zukommt. Vielleicht verteidigen sie die mütterliche Position und greifen meine Aussagen an oder bezweifeln sie, weil ich damals noch recht jung war. Falls das so sein sollte, weshalb rufen sie mich dann überhaupt auf? Geht es damit schon wieder los: Mit den Unterstellungen? Den nicht immer wohlmeinenden Absichten meiner Mitmenschen? Aber eine Sozialarbeiterin oder ein Psychiater sind nicht meine Mitmenschen. Sie sind lediglich unpersönliche Angehörige eines Ausschusses, der eine Entscheidung zu treffen hat, an der ich, zufällig, involviert bin. Oder muss aus rein rechtlichen Gründen alles nochmal aufgerollt werden?

Kann oder darf ich mir Gleichgültigkeit leisten? An meiner Situation ändert sie nichts. Ich vergebe mir aber auch nichts, falls ich eine Aussage formuliere. Soll ich so schlecht wie möglich reden, damit sie weggesperrt bleibt, damit sie mich nicht noch einmal erreichen kann? Damit würde ich eine Bestätigung für die unterstellte, *schlechte Absicht* liefern. Der Wille, anderen Schaden zuzufügen. Danach werde ich mich richtig mies fühlen. Ach, wärst du doch da! Ich könnte mich an deiner Schulter ausweinen. Auch du könntest weinen. Vielleicht einige Tränen um deinen Bruder Günther. Wir würden gemeinsam Tränen vergießen. Umeinander. Welch ein tröstlicher Gedanke.

Was musst du von mir denken? In diesem Moment weiß ich bereits nicht mehr, ob ich diesen Brief an dich senden werde, senden darf. Vielleicht fühlst du dich selber gerade nicht so gut. Und dann noch solche Zeilen. Das hat nichts mit dem gegenseitigen Versprechen zu tun, dass wir uns in schlimmen Situationen helfen werden. Dieses Versprechen klingt immer noch köstlich in meinen Ohren. Es geht um den richtigen Zeitpunkt, die Vermeidung ätzender Wiederholung lang abgehandelter Themen. Immer diese Scham! Immer diese Unsicherheit, ob ich anderen nur auf den Wecker falle. Dann bleibe ich doch lieber still in meiner Ecke sitzen. Würde doch niemand etwas von mir wollen oder erwarten! Ich meine dies nicht sachlich. In meinem Job kann jeder von mir erwarten, was er für angebracht hält. Es geht mir um meine Stimmung, meine Laune, meine Gefühlslage. Ich weiß, dass ich nicht mehr weinerlich sein soll und keineswegs voller Selbstmitleid. Bin ich auch nicht. Ich bin angewidert von der Tatsache, dass es mich immer wieder einholt. Ich bin weggezogen, habe meinen Freundschaftskreis, bis auf dich, völlig verändert. Es gibt in meiner Umgebung nur Menschen, denen ich bislang kein einziges Wort über die Vergangenheit erzählt habe. Selbst wenn sie mich aus einem wirklichen Interesse heraus gefragt haben sollten, blieb mein Mund verschlossen. Um mich zu schützen. Um kein Thema in den Mittelpunkt zu schieben, dessen ich überdrüssig bin. Was mich beschwert, herunterzieht, verändert, indem es mich launisch erscheinen lässt. Natürlich darf ich keine Ausflüchte für gegenwärtige Mängel konstruieren. Tue ich auch nicht. Darf ich aber nicht bemerken, dass mein Selbstwertgefühl sich nicht besonders entwickeln konnte? Oder meine Fähigkeit zur Selbstkritik? Das meine Objektivität gelitten hat und ich dieses Manko nur mit Schweigen zu überspielen glauben konnte? Meine Psychiaterin warnte mich vor möglichen Vermeidungsstrategien. Das diese schwerwiegendere Folgen für mich hätten, als die wahre Ursache meiner Verunsicherung. Aber wenn ich selbst nicht einmal bemerke, wann ich vermeide! Wer kann mich kontrollieren? Ich selber schaffe das nicht. Auch wenn ich mich ständig hinterfrage, mich meiner selbst vergewissern will. Der Gedanke, die Verantwortung einfach abzugeben, ist äußerst verlockend. Ich möchte mich hingeben, treiben lassen, vertrauensvoll die Augen schließen. Doch sobald ich einen Versuch starte, schrillen unbekannte Alarmglocken in mir und ein Hähnchen ohne Kopf läuft in meiner Phantasie durch den Hof. Ich sehe Bilder, die ich nicht sehen möchte, aber nicht aus meinem Kopf, meiner Seelenphantasie, herausbekomme. Kannst du dir das vorstellen, liebe Freundin? Ach, wärst du doch hier und könntest mich in den Armen wiegen. Welche Wohltat. So aber muss ich selber etwas ausrichten.

Vor dem Erscheinen und dem nicht Erscheinen habe ich gleich viel Respekt. Und beides wird Folgen für mich haben. Also muss ich nur ganz rational abwägen, welche Folgen negativer sein werden. Eine einfache Rechnung auftun. Hier die Liste der negativen Folgen, falls ich erscheine und Aussage:

Angst vor dem, was eine Aussage mit und aus mir machen wird. Angst vor eindringlicher Befragung. Vor möglichen Irrtümern. Vor Schaden, den ich mit meiner Aussage anderen zufüge. Vor Ungerechtigkeit durch Selbstgefälligkeit. Vor, sind sie überhaupt auszuschließen?, Missverständnissen, die ich verursache und nicht mehr aus der Welt bringen kann.

In der anderen Spalte stehen: schlechtes Gewissen, gekniffen zu haben und dadurch ungewollt Schaden zu verursachen. Verantwortung durch Abwesenheit übernehmen, was ich außerhalb meiner Verantwortung verorte. Denn was mit dieser Frau geschehen soll, liegt doch nicht in meiner Entscheidungsgewalt. Unsachlichkeit, die zu veränderten, nachteiligen Entscheidungen beim Fachpersonal führt. Ein schlechtes Bild von mir, falls ich nicht erscheine. Angst vor dem, was eine verweigerte Aussage aus mir machen könnte.

Wenn das nicht ein wirkliches Patt ist. Remis. Ich einige mich auf ein Remis und lasse die Würfel entscheiden. Ich muss mir nur ganz fest vornehmen, die zufällige Entscheidung vollständig zu akzeptieren und nicht zu hinterfragen.

"Hallo, Frau ... Wo wollen wir denn hin?"
"Ich bin für heute vorgeladen worden."
"Vorgeladen? Von wem? Zeigen sie mir mal bitte diese Vorladung."
"Hier, Herr ..."
Die junge Frau zeigt ein leeres Blatt Papier vor. Der Anstaltsmitarbeiter schaut gespielt interessiert. "Aber das ist ja gar nicht heute!"
"Wie? Habe ich mich im Datum geirrt?"
"Aber ja! Der 22. ist doch erst nächste Woche. Und dann können sie ja auch schlecht im Morgenmantel dort erscheinen. Ist doch eine ganz offizielle, wichtige Sache."
"Sicher ist sie das. Immerhin wird darüber entschieden, ob Mutter auch weiterhin in der geschlossenen Anstalt zu verbleiben hat."

Der Wärter schüttelt nur mit dem Kopf und führt die junge Frau behutsam zu ihrem Zimmer zurück. "Ich werde Ihnen gleich einen Tee bringen. Der wird ihnen gut bekommen."
"Es ist schon gut, dass der Termin erst nächste Woche ist. Heute bin ich nämlich gar nicht in Form."
"Dann aber ab ins Zimmer. Ich komme und kümmere mich um Sie!"

Weitere Veröffentlichungen des Autors:

Berufswerk - Business Storys

als Taschenbuch ISBN: 978-3-7347-1027-8

und als Kindle eBook

In diesem Band werden einige ausufernde Ereignisse
unserer aktuellen Arbeitswelt beschrieben.
Was widerfährt etwa dem selbstständigen Grafiker,
falls die durch Existenzängste geschaffenen Werke
sich unbarmherzig gegen ihn wenden?
Eine Nachtschicht mit befremdenden Problemen
belastet wird? Die Ärzte uns in einem Wartezimmer
(fast) vergessen?
Ein Psychologe an seiner Aufgabe (ver-)zweifelt?
Ist es undenkbar, dass ein fehlerhafter Strichcode, die
an sich schlichte Warenbestellung in ein rätselhaftes
Labyrinth ausufern lässt?
Oder die Fülle einer zu schreibenden Geschichte die
körperlichen Grenzen eines Autors strapaziert?
Wenig überraschend wirkt ein unbarmherziger
Erfolgsdruck verheerend auf einen jungen
Programmierer.
Und wie verhalten wir uns einem mysteriösen Boten
gegenüber, dessen Nachricht wir nicht verstehen?

Dieses und mehr ist nachzulesen. Angesichts dessen
wirkt das Klagen über tägliche Routine wie ein leises
Raunen am Rande eines unheimlichen Waldes.

... wie aus einer anderen Welt.

Wiener Liaison

als Hardcover: 9783746014913
und eBook

Die folgende Geschichte spielt während der nachnapoleonischen Zeit in den Jahren 1814/1815. Eine Prise Politik, vor allem aber die Persönlichkeiten und ihr fiktives Verhalten zu dieser Zeit stehen im Mittelpunkt.

Da erscheint der Fürst Clemens von Metternich, Vorsitzender des Wiener-Congresses und Staatsminister der habsburgischen Majestät, geschickter und willensstarker Politiker, dabei immerzu auf der Suche nach den Freuden und der Selbstvergewisserung des verliebt-sein.

Auf der anderen Seite Wilhelmine von Sagan. Eine kluge, unabhängige Fürstin, interessiert an den öffentlichen Angelegenheiten. Nicht nur finanziell steht sie "ihren Mann". Auch in Sachen des Gefühls und der Beziehung zum männlichen Geschlecht weiß sie, was sie will. Vor allem, was sie nicht will.

Und doch schafft es Metternich, in der Zeit des gefühlsmäßigen Aufruhrs während der einhundert tägigen Rückkehr Napoleon Bonapartes, die weibliche Festung zu stürmen. Erst der Schrecken, dann der befriedigende Sieg der Alliierten bei Waterloo lässt die Fürstin in den Armen des Charmeurs dahinschmelzen. Er hat sich aber auch ins Zeug gelegt!

In Nebensträngen finden andere Protagonisten zu ihrem Glück. Etwa der Bote Metternichs und die Kammerzofe der Sagan. Doch nicht, ohne vorher abenteuerliche Wege beschritten zu haben.

Zuletzt taucht immer dann ein sympathischer Tausendsassa auf, wenn er gebraucht wird. Nicht so sehr von den Herrschaften. Mehr fürs gemeine Volk.

Alles zusammen (und einiges mehr) ergibt ein buntes, nicht ganz ernst gemeintes Treiben in einer zweihundert Jahre zurückliegenden Vergangenheit, die eben nicht mehr auf immer dort begraben liegt. Vielleicht ist diese Zeit schuld daran, dass alles recht behäbig und gestelzt daherkommt. Aber so war es nun einmal.

Eine Wiener Kriminalgeschichte

als gebundene Ausgabe ISBN: 978-3-7448-9020-5
und als Kindle eBook

Wir befinden uns im Jahr des Wiener Kongresses:
1815.
Der gezeichnete Geselle Zacharias Borsig empfindet
das Gefühl der Abgesonderheit, der Getrenntheit von
allen übrigen Menschen als schmerzliche Tatsache.
Noch bevor er sein erstes Verbrechen begeht,
welches seinen zukünftigen Weg bestimmt, fühlt er
sich im eigenen Selbst gefangen, dem er nicht
entkommen kann. Die sich vor ihm auftürmende
Schwierigkeit, seine Einsamkeit zu überwinden,
verführt ihn zu panischen Handlungen, die in
vollständiger Isolierung enden. Die radikale
Absonderung von der Umwelt glaubt er nur
überwinden zu können, indem er den wahnsinnigen
Versuch exerziert, seine Umwelt verschwinden zu
lassen.
Nur wenige Figuren haben eine anonyme Verbindung
zu den Bluttaten, die einer Klärung dienlich sein
könnten: Ein Polizeyhauptmeister und ein Pfarrer.
Beide ringen mit dem Schrecken. Zumal eine weitere
verirrte Seele die Situation verkompliziert.

Niemand will es gewesen sein, der die Dämonen auf
den Plan rief. Doch im Verlaufe der Geschichte hat
jeder auf seine persönliche Weise einen Kampf mit
ihnen auszufechten.